应用型物流管理"十二五"系列规划教材

编审委员会

应用型物流管理"十二五"系列规划教材

物流礼仪操作实务

冼碧霞　惠雯　主编

吴燮坤　黄洁娟　副主编

化学工业出版社

·北京·

本书以中职学生的成长为主线，以任务为驱动，以多元化的活动为形式，由点到面，纵横呼应。本书共分七个技能模块：物流专业学生礼仪规范、物流从业人员的个人形象、物流从业人员的语言礼仪、物流从业人员求职面试礼仪、物流岗位业务活动礼仪规范、物流从业人员宴请礼仪、物流从业人员涉外礼仪。本书既可以作为中等职业学校的教材，也可作为企业培训及物流从业人员的自学用书

图书在版编目（CIP）数据

物流礼仪操作实务/冼碧霞，惠雯主编. —北京：化学
工业出版社，2011.12
应用型物流管理"十二五"系列规划教材
ISBN 978-7-122-12735-8

Ⅰ.物… Ⅱ.①冼…②惠… Ⅲ.物流-礼仪-中等专业
学校-教材 Ⅳ.F252

中国版本图书馆 CIP 数据核字（2011）第 221812 号

责任编辑：宋湘玲　　　　　　　　　　　装帧设计：尹琳琳
责任校对：徐贞珍

出版发行　化学工业出版社（北京市东城区青年湖南街 13 号　邮政编码 100011）
印　　装　三河市延风印装厂
787mm×1092mm　1/16　印张 8¾　字数 206 千字　　2011 年 12 月北京第 1 版第 1 次印刷

购书咨询：010-64518888(传真：010-64519686)　　售后服务：010-64518899
网　　址：http://www.cip.com.cn
凡购买本书，如有缺损质量问题，本社销售中心负责调换。

定　　价：18.00 元　　　　　　　　　　　　　　　版权所有　违者必究

编写说明

按照教育部关于《21世纪职业教育发展纲要指导》，中等职业教育课程理论课与实践课的比例为1：1，许多中等职业学校也经常强调要加大实践教学。实际上，在以文科类为主的中等职业学校中，绝大多数的学校只能尽量实现教育部"理论课与实践课的比例为1：1"的教学方式，因为文科类与理工科类不同，理工科类容易达到"理论课与实践课为1：1"比例，而文科类则难以达到。造成这一现状的主要原因是文科类专业的教材理论较多、实训较少。我们知道从满足社会需求来看，职业教育侧重培养生产、服务和管理第一线的应用型职业人才，作为不同于普通教育的另外一种类型的教育，职业教育有着自己独特的规律和特点。因此，我们的教材就应该具有自己职业教育的特点，而不能完全照搬普通教育以学科体系为主的教材模式。

广州市商贸职业学校目前是广东省仅有的两所被省教育厅定为重点物流专业的学校之一。学校教师负责国家教育部组织的"现代物流专业紧缺人才培养培训教学指导方案"的主持和起草工作，完成了部分专业核心课程统编教材的编写工作，为国家中等职业学校现代物流专业的建设发挥了示范性作用。学校物流教师为了促进职业学校课程设置的改革，根据自身的办学特点以及物流企业对中职学生的职业技能要求，与时俱进，联合企业界的专家以及其他兄弟学校拟开发出一套适合中职学生使用的应用型物流管理"十二五"系列规划教材。本套教材共计11本，分别是《走进物流》、《仓储作业实务》、《运输作业实务》、《物流机械设施与设备》、《物流地理》、《物流客户服务操作实务》、《国际货代与通关》、《物流营销操作实务》、《物流法律法规》、《物流综合实训》、《物流礼仪操作实务》，分三批出版。

本套教材的基本编写思路如下。

1. 根据物流专业毕业学生的主要去向，确定将来物流专业学生就业的岗位群。

2. 先后邀请物流行业专家与物流教育界的专家，分析岗位群各工作岗位的工作任务。

① 曾先后邀请了14位来自不同物流企业，不同岗位的物流行业专家，进行了三次工作任务分析会。这些行业专家的工作主要覆盖了仓储、铁路运输、公路运输、报关、营销、客服和配送等岗位。职务都是企业的中层管理人员和主管。采取头脑风暴法让各位专家充分发表各自的意见，然后将这些意见用EXCEL电子表格完整记录下来。

② 行业专家岗位分析完成之后，又邀请了10位从事物流专业相关学科教学的教育专家，对行业专家分析出来的岗位任务，从课程的构建、教学的要求，进行分析整理，确定了公共专业模块课程和专业模块课程。

3. 从这些经过行业专家及教育专家分析整理过的工作任务中筛选出具有共性与代表性的若干项典型工作任务。

4. 根据典型工作任务，构建课程结构。将与某一岗位相关联的典型任务构建成一个专业方向课程，将与多个岗位相关联的典型工作任务构建成专业通用模块的课程。

5. 为已确定的课程编写课程标准，明确课程的目标、内容和要求。

6. 根据课程标准，组织老师编写教材内容。

本套教材的主要特点如下。

1. 教材体现了广州市商贸职业学校教师独创的教学方法——PIPA〔过程（Program）、

仿真（Imitation）、实践（Practice）、任务（Assignment）]教学法。

2. 教材的结构打破了学科体系的模式，坚持"任务驱动、行动引导"的指导思想，将教材构建成七个部分，它们分别是【行动目标】、【行动准备】、【行动过程】、【行动锦囊】、【行动链接】、【行动评价】和【行动加固】。教师在【行动过程】中下达任务书后，学生根据【行动锦囊】和【行动链接】以团队合作（情景模拟、集体讨论、小组竞赛、角色扮演、项目教学法、案例教学法、仿真教学法等）的方式完成任务。【行动锦囊】没有完整的理论体系描述，主要是完成任务的相关理论知识的精髓，用来启发学生思维和引导学生完成任务书的内容。

3. 教材转变了教师在教学活动中的角色，即由传统的主角、教学的组织领导者变为教学活动的引导者、学习辅导者和主持人。教师不再使学生处于被动地位，而使其处于积极的、独立的地位；教师不仅是给学生灌输知识，还使学生的手和心都动起来，让学生独立自主地设计完成自己的学习任务，充分体现了教师的主导地位、学生的主体地位，更注重于培养学生的联想与想象能力、分析推理能力、人际交往能力、口头表达能力、社会责任感以及创新能力。实现了"把课堂还给学生，让学生主宰课堂"，教师不该讲的不讲，学生学会了的不讲，自己会解决的不讲。

4. 教材编写以校企合作、工学结合培养专业技能人才为目标，注重能力本位的原则，力求突出"理论够用、重在实操"和"简单明了、方便实用"的特色，内容具有较强的应用性和针对性。编写的目的主要是为了培养具有良好职业道德、具有一定理论知识、具有较强操作和实践能力的、为企业所欢迎的技能应用型物流作业操作人才。

5. 教材图文并茂，以提高学生的学习兴趣，加深学生对运输作业知识的理解与掌握。教材配置专门的 PPT 和视频资料（如需要该资料请联系 sxl_2004@126.com 或 48370924@qq.com），以满足教师教学与学生自学的需要。此套教材极大地方便了教师的备课和授课，也改变了教师课堂上仅凭一张嘴、一块黑板、几根粉笔的传统授课模式，在一定程度上减轻了教师的授课压力。

本套教材中，我们极大范围内考虑了实操的可能性，有许多实训项目都可以在教室直接进行，如果有些项目必须在实训室做而学校暂时又没有物流实训室，可用模拟的实训场地来代替。

本套教材是职业学校物流专业课程有效性教学改革的初步探讨，还有许多不成熟和有待完善的地方，敬请各位同仁提出宝贵的意见，以便修订时加以完善。

应用型物流管理"十二五"系列规划教材编审委员会

2011 年 12 月

前　言

本书是应用型物流管理"十二五"系列规划教材之一。为了适应社会对物流人才的需求及中等职业学校物流教育的特点，我们先后邀请物流行业与教育界的专家，采用头脑风暴法分析岗位群和典型工作任务，通过精心的论证及整理，并在多位经验丰富的一线老师实践总结的基础上编写而成。

本课程标准的设计以中职学生的成长为主线，以任务为驱动，以多元化的活动为形式，由点到面，纵横呼应。教学主线以绪论"现在的我"作为切入点，展现中职学校新入学的物流专业学生（虚拟学生名字：许诺）来到新班集体、新校园的情景。从师生之间的相互印象到校园礼仪，其一言一行都与身边的人和事息息相关，从而引发学生学习礼仪的兴趣，继而开展物流专业礼仪的相关活动，培养学生良好的工作态度和职业形象，以适应从中职学生到物流专业人员的转变。然后再以仿真的现场招聘会为主题，让学生掌握求职面试的技巧，学会如何在众多的竞争者当中脱颖而出，成功地走上物流专业岗位。最后，以"将来的我"作为结尾，既是对绪论的呼应，又是学生对物流职业形象的远景规划。教学选取学生日常生活及物流企业的实际例子作为任务，内容深入浅出，教学形式活泼、生动，贴近中职学生的心理特点。

本书共分七个技能模块：物流专业学生礼仪规范、物流从业人员的个人形象、物流从业人员的语言礼仪、物流从业人员求职面试礼仪、物流岗位业务活动礼仪规范、物流从业人员宴请礼仪、物流从业人员涉外礼仪。本书既可以作为中等职业学校的教材，也可作为企业培训及物流从业人员的自学用书。

广州市商贸职业学校冼碧霞、惠雯任本书主编，广州市商贸职业学校吴燮坤和广东省理工学校黄洁娟任副主编。具体分工如下：冼碧霞编写"现在的我"、"物流从业人员宴请礼仪"、"将来的我"模块及"物流岗位业务活动礼仪规范"模块技能训练一，惠雯编写"物流从业人员的个人形象"模块，广东省理工学校黄洁娟和广州大学继续教育学院客聘教授刘东磊编写"物流从业人员的语言礼仪"模块，吴燮坤编写"物流从业人员求职面试礼仪"模块，广州市番禺区工贸职业技术学校谢燕青编写"物流岗位业务活动礼仪规范"模块中的技能训练二、三、四，花都区职业技术学校钟燕开编写"物流从业人员涉外礼仪"模块，增城市东方职业技术学校卢玙编写"物流专业学生礼仪规范"模块。全书由冼碧霞进行设计，由冼碧霞、惠雯进行统稿并修改，由吴燮坤进行校稿。

广州市商贸职业学校高级讲师邓嘉宁为本书第二、三、四模块拍摄实操图片。广州大学继续教育学院客聘教授刘东磊为本书的编写提供大量的宝贵意见。在此谨向所有为本书编写提供帮助及宝贵意见的专家学者表示衷心的感谢。

由于本书是职业学校物流专业课程改革初步探讨的教材之一，很多内容和形式都是编者的第一次尝试，如存在不足及需要改进的地方，敬请各位专家、同行批评指正。

编　者

2011 年 9 月

目 录

绪论　现在的我

【行动目标】

2011 年 9 月 1 日，许诺成为了一名物流专业的学生，并走进中等职业学校的校园。远离家乡，校园的环境很陌生，他很期盼尽快熟悉这里的同学和老师，也更希望能够学到一技之能迎接三年后的就业挑战。

物流是一种服务性的行业，物流礼仪与物流专业技能同等重要，良好的个人形象、气质修养、言行举止等礼仪规范是每位物流从业员的必备素质。那么，现在的你是否已经准备好呢？你了解现在的自己吗？下面，我们将通过一系列活动让大家逐步建立信心。

通过本行动的学习和训练，你将能够达到以下目标。

① 认识自己现在的外表。

② 重新了解自己的内在品质与性格的优点、缺点。

③ 审视自己的言行举止。

【行动准备】

1. 任务分配

以 4～6 人为单位将学生分小组，由组员投票选举其中一名组员担任组长负责组织协调，以保证任务的顺利开展。同时，另选一名组员做记录，以此作为评价及组员评分的记录。请将具体分工填入下图相应的方框内（见图 0-1）。

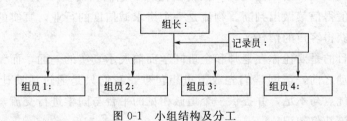

图 0-1　小组结构及分工

2. 教具

白纸（A4 纸大小）、铅笔、彩笔、油性笔、黑板磁铁。

3. 学生课前任务

（1）将相关行动锦囊阅读一遍。

（2）上网或利用其他工具查找相关理论知识。

【行动过程】

第一步骤：教师下达任务（具体见任务书）。

第二步骤：小组成员根据自己的具体情况完成任务书的内容。

第三步骤：小组内进行成果展示。

每一组派代表向大家展示，展示内容如下。

① 我的自画像。
② 我的内心世界。
③ 我的言行举止。
第四步骤：教师总结。
① 教师对学生的行动进行点评。
② 对知识内容进行总结。
③ 引出相关的行动锦囊。

任务书

请你根据自己的特点，采用图画或文字等方式描绘一幅自画像，内容包括你的外表、内心世界及言行举止，题材和形式不限。完成后在小组内相互介绍，每组推选一位最具代表性的同学在全班进行交流。

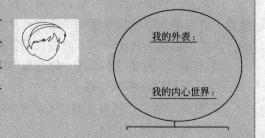

我的外表：

我的内心世界：

【行动锦囊】

锦囊一 ○○。 **描述要求**

据一项新研究发现，当人们见到一张新面孔时，他们只需要 1/10 秒就能对一个人有没有吸引力、值不值得信赖做出判断。物流是一个讲求诚信度的行业，真实的你比虚拟的你来得更真实，更能获得客户的信任。

本次行动的目的是要让你在老师和全班同学面前展示真实的一面，而无需对自己的不足加以掩饰。在行动之前，请同学们先放下思想包袱，我们只是通过活动让你能真正剖析自己，分析自己的优点与不足，并提供一个坦诚相见的平台与同学进行交流，使自己今后更有针对性地学习物流礼仪知识。

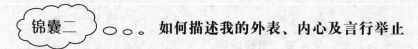

锦囊二 ○○。 **如何描述我的外表、内心及言行举止**

1. 如何描述我的外表

外表是指对一个人外在形象的总括，具体包括发型、容貌、表情、身高、身形、衣着等方面。描述的顺序可以是从上到下，也可以用借物拟人的方式描述自己，对外表的描述应图文并茂，给同学一个生动的形象。此次活动的重点不是考验大家的绘画能力，而是大家的所描述的内容，如果是绘画能力不强的同学可以用语言和文字进行补充。

2. 如何描述我的内心世界

内心世界的描述包括品德、性格、情操、人生观、价值观、意志、智慧等，它与外表不同，不是通过简单的观察就可以在短时间内识别的，而是必须通过长时间的考察、对某些事件的处理及表现才能总括出来。请你通过一件事或对某些现象或事物的看法描述自己的内心特点。

3. 如何描述我的言行举止

言行举止包括语言、行为、姿态与风度，展现的是一个人动态的气质。在介绍自己的时候除了用语言、文字进行描述外，可以用身体语言进行现场展示。

【行动链接】

在行动过程中可以展示历届学生的作品给予学生进行参考（详细见 PPT 附件）。

【行动巩固】

请在"我的自画像"背后设计不同的文本框，以供老师、同学以及亲朋好友对您的外表、内在、言行举止进行评价。

【行动评价】

(   ) 技能训练任务 (   ) 评价表

项　　目		外表描述 (20 分)	内心描述 (20 分)	言行举止描述 (20 分)	整体表达 (20 分)	尊重发言人 (20 分)	总分 (100 分)
师评(占 50%)							
其他组员 评价(50%)	组员一评						
	组员二评						
	组员三评						
	组员四评						
	组员五评						
计算公式:个人得分＝师评总分×50%＋组员评分平均分×50%							

第一模块　物流专业学生礼仪规范

技能训练任务一　物流专业学生的个人形象

【行动目标】

物流专业培养的是服务型的专业人才，企业对人才的需求，不仅是专业技能，更看重的是职业素养。个人形象作为职业素养的其中一个要素，对企业形象及客户第一印象都有着重要的作用。个人形象不是一蹴而就的，需要一个较长的塑造过程。作为物流专业学生，在中职的学习生涯中就需要为自己的个人形象做好准备。

通过本行动的学习和训练，你将能够达到以下目标。

① 懂得物流专业学生的礼仪规范。

② 树立良好的职业学生的个人形象。

【行动准备】

1. 分组

4～6人为一组，自定组名，选出组长。

2. 教学准备

多媒体教学系统（课件），"物流专业学生形象设计"技能训练表格。

3. 学生课前任务

① 将相关行动锦囊阅读一遍。

② 上网或利用其他工具查找相关礼仪知识。

【行动过程】

第一步骤：教师下达任务（具体见任务书）。

第二步骤：小组讨论和完成任务书中各项内容。

第三步骤：小组讨论。

① 形象标准：物流专业学生应有的校园形象。

② 对照检查：组员的优点与不足之处。

③ 表彰学习：组员的良好形象。

④ 讨论小结。

⑤ 组员表现评价。

第四步骤：举行"物流专业学生校园形象设计大赛"。

每位同学设计一个物流专业学生的校园形象，向全班展示并说明设计理念。

第五步骤：教师总结。

① 教师对学生的行动进行点评。

② 对知识内容进行总结。

③ 引出相关的行动锦囊。

任务书

物流专业学生校园形象设计大赛

1. 完成"物流专业学生形象设计"技能训练表格（见表1-1）。

（1）组长组织组员完成各项讨论，将各组员的发言记录下来。

（2）组长或某一组员将本组同学的发言归纳整理。

（3）组长对组员的表现进行简要评价。

2. 根据小组讨论的结果，请为许诺设计一个符合物流专业学生的个人形象，并在班内举行"物流专业学生校园形象设计大赛"，评选出优秀选手作为大家学习的榜样。

表 1-1 "物流专业学生形象设计"技能训练表

班 级		小组名称		组长	
组成员	姓名： 学号：				
讨论1	形象设计：21世纪物流专业学生在学习、生活等方面的形象标准是怎样的？				
组员发言					
讨论2	对照检查：在形象方面自己的不足有哪些？				
组员发言					
讨论3	表彰学习：在形象方面自己的优点有哪些？				
组员发言					
论题小结					
组长对组员的评价					
教师点评					

【行动锦囊】

 锦囊一 ○○。**物流专业学生校园形象要求**

科技日新月异，在现代生活中我们有更多的机会接触社会资讯，"韩国风、梨花头、烟熏妆……"一系列时尚的名词走进了我们的视野。但是，是否时尚的就是适合自己的呢？学校是我们学知识、学技能的园地，我们应该把宝贵的时间放在学习上，否则就会"白了少年头，空悲切"。作为中职物流学生，我们崇尚的是一种健康、自然的美，而不是矫揉造作的美。青春是一份宝贵的资本，希望大家不要让"时尚"掩盖了自己内在的青春活力。

一个人的气质应该是由内而外散发出来的，如果一个人缺乏一定的修养，即使外表包装得再精致，其言行举止还是会"出卖"他/她的。因此，在中职校园，我们倡导"绿色生活，简单美"。美不仅仅停留在个人的外表，而是更体现内在，更渗透到您生活的方方面面，所以健康、自然就是美。

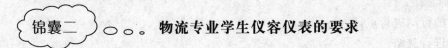

锦囊二 　物流专业学生仪容仪表的要求

1. 个人卫生要整洁

从头到脚要保持干净，尤其是面部、口腔、脖颈、手、头保持干净。养成良好的卫生习惯，每天坚持洗脸、洗澡、漱口、刷牙。经常洗头，头发梳理整齐。

2. 服饰要端庄

服饰合乎自己身份，朴素大方。

（1）中学生服饰应反映出健康活泼、朝气向上的特点，要方便学习和活动。穿着打扮上不宜一味模仿成年人，如紧身服，它对正在成长的中职学生来说会限制身体的正常发育。

（2）中学生的穿戴要求应是合体、适时、整洁，符合身份，朴素大方。

3. 发型要符合中职学生身份

中职学生发型应该自然、简便、整齐。

（1）男生发型。不染发、不烫发、不留长发。要求：前额头发下端不超过眼眉毛，两侧头发不盖耳朵，后部头发不长过衣领，不留中分发型，不用摩丝、发胶来定型头发，头发不能过厚。

（2）女生发型。不染发、不烫发、不散长发、不梳怪发。要求：前额头发不遮眼，后部短发不及肩，长发必须扎好或扎束成马尾。

4. 不佩戴首饰，不化妆

中职学生处于青春发育期，是人生中自然状态最美好的时期，应保持自然美、健康美，过多的修饰反而会弄巧成拙，导致整体形象与自己的年龄和身份不符。

【行动链接】

物流专业学生为什么不适宜化妆

中职学生处于青春发育期，是人生中自然状态最美好的时期，应保持自然美、健康美。现实中一些女孩子涂脂抹粉，但多数脂粉、唇膏里都含有铝和其他多种化学成分，长期使用会逐渐破坏皮肤表层，使皮肤变得干裂、粗糙。另外，有的女孩为"漂亮"而拔或修剪眉毛和眼睫毛，甚至戴美瞳。如果遇到质量有问题的产品，就会破坏眼睛正常的生理功能，这就是因小失大。

【行动巩固】

同桌之间每天互相检查对方的仪表，指出不符合中职学生礼仪规范的地方，并做好记录，以备老师查阅。

【行动评价】

（　　）技能训练任务（　　）评价表

被考评组别		组员名单				
考评内容						
考评标准	项　目	分值/分	小组自我评价（30%）	其他组别评价（平均）(40%)	教师评价（30%）	合计（100%）
	参与讨论的积极性	20				
	中职学生校园形象设计	50				
	设计理念	20				
	团队的合作精神	10				
合计		100				

技能训练任务二　校园人际关系礼仪

【行动目标】

作为物流专业的学生，掌握人际交往的技巧是将来能够顺利与客户沟通的基础。职业学校是一个微型的社会，在这里你不仅学习物流专业知识，更拥有很多与人交往的机会。在学校学会人际交往礼仪，将来就业一定能学有所用。

通过本行动的学习和训练，你将能够达到以下目标。

① 学会致意礼。

② 掌握课堂礼仪。

③ 懂得与老师有效沟通的礼仪。

④ 懂得与同学和谐相处的礼仪。

【行动准备】

1. 角色分配（分组）

根据授课对象的具体情况让不同的学生担任不同的角色，并选举组长。

2. 教具

课件、张贴板一块、油性笔若干支、板钉一批、书写卡片（不同形状若干）、摄像机、照相机。

3. 学生课前任务

① 将相关行动锦囊阅读一遍。

② 上网或利用其他工具查找相关理论知识。

【行动过程】

第一步骤：教师下达任务（具体见任务书）。

第二步骤：小组讨论方案和分角色完成任务书中的内容。

第三步骤：小组成果展示。

每一组派代表向大家展示，展示内容如下。

① 与老师、同学致意的礼仪规范。

② 课堂上的礼仪规范。

③ 与老师和同学相处的礼仪规范。

第四步骤：教师总结。

① 教师对学生的行动进行点评。

② 对知识内容进行总结。

③ 引出相关的行动锦囊。

任务书一

校园早晨

早晨，在教学楼大堂里许诺碰到了自己的同学小红、小刚和班主任黄老师，此时，李校长也面带微笑向他们迎面走来。请以小组为单位，分角色扮演班主任黄老师和李校长，许诺及同学小红、小刚，演示如何向学校的领导、老师及同学行致意礼。

【行动锦囊】

 我们怎样礼貌地打招呼——常用的致意方式

1. 微笑致意

它可以用于同不相识的同学初次会面之时，也可以用于向在同一场合反复见面的老朋友"打招呼"。

2. 举手致意

通常不必作声，在公共场合远距离遇到相识的同学和师长，我们可以将右臂抬起，掌心向前并轻轻挥动两三次向对方打招呼。注意：摆动的次数不要太多，速度不要过快。一般情况下，右手手指也不要举过自己的头顶，如图 1-1 所示。

图 1-1　举手致意

3. 点头致意

大多适用于不宜交谈的场合。在课堂上与老师交流，或在校园中遇到同学时，都可以采取点头致意的方式表示肯定或问候。

4. 起身致意

在领导、老师到来或是离去时，要起身致意。此外，还要注意待领导或老师落座后自己再落座。如果领导或老师要离开，要等对方起身后自己再起身，不然，容易给对方以急于让其离开的感觉。当别人将自己介绍给他人时，也要起身致意。

5. 欠身致意

致意者可以站着也可以坐着。欠身致意的要领是：在目视被致意者的同时身体微微向上向前倾，一般幅度在15～30度角左右，双手放于体侧或腹前，目视对方。这是向他人表示恭敬的好方法。

6. 脱帽致意

如果是戴着有沿的帽子，在跟人打招呼时或在举行升旗仪式时要脱帽致意，无沿的帽子可以不必脱帽。在致意时，一般会综合使用两种以上的致意方式。比如，微笑致意与点头致意并用，微笑致意与挥手致意并用等。在看到对方向自己致意时，要用同样的方式热情还礼，不要毫无反应，视而不见。

 **致意的顺序**

致意时，约定成俗的顺序是：年轻人先向长者致意，学生先向老师致意，下级先向上级致意，男同学先向女同学致意。向多人致意时，要遵循先长后幼、先女后男、先疏后亲的顺序原则。

任务书二

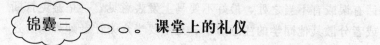

上课铃打响后

许诺所在的班刚上完体育课，他们正在利用课间十分钟时间换衣服。同学们汗流浃背，嬉笑打闹，这时上课铃打响了，班主任黄老师走进了教室，可是还有很多同学的衣服没有换好。请分角色扮演黄老师、班长、学生，展示应该如何做好课前三分钟的礼仪。

锦囊三 **课堂上的礼仪**

1. 听到上课铃响后

听到上课铃打响后，应迅速走进教室，准备好课本、文具等学习用品，并安静端坐恭候

老师的到来，这既是对上课前自我状态的调整，也是对老师最起码的尊重。

2. 老师走进教室后

当老师走进教室后，老师做出上课指令："上课!"，班长要喊"起立!"，全班同学应立即起立并立正站好，向老师鞠躬问好："老师好!"，并行注目礼，待老师回礼"同学们好!"后，方可坐下。

3. 因事迟到时

因事迟到时不能"破门而入"，应先在教室门外喊报告或敲门，待老师允许后再进入教室。回到座位后尽量不要发出响声，坐下后应取出课本和笔记，然后迅速集中精力听讲。

4. 老师上课迟到时

当老师因特殊情况上课迟到时不要喧哗，更不要大声议论，应该耐性等候，并由课代表或班长联系科任老师或班主任，报告具体情况。当老师到达教室时，仍应起立向老师致礼。当老师就迟到的原因作出解释并表示歉意时，我们应予以谅解。

5. 讲课开始后

① 不随便下位子走动、不吃东西、不喝饮料、不嚼口香糖、不听随身听、不玩手机，更不可用手机打或接电话。

② 夏天不赤脚或穿拖鞋，更不敞胸露怀，听讲时不扇扇子。冬天不戴帽子，不戴手套或口罩。

③ 认真做好笔记，独立完成练习，不看与本课无关的书或做其他与教学无关的事情。

6. 下课铃响时

老师宣布下课后，待老师离开课堂或经老师允许再自由活动。如有听课老师，应先请听课老师退席，然后同学再活动。

 锦囊四 ○ ○ 。 **向老师提出异议时要讲分寸**

1. 必须尊重老师

俗话说，"金无足赤，人无完人。"老师不是完美的，如果他有观点不正确或是误解了某个同学时，学生用正确、恰当的方式给老师提出来，这种方式有助于老师的自我反省。但是，如果在听讲时发现老师讲话有误或有不当之处，最好不要马上发表意见，一是避免打断老师的思路，干扰教学进度，或者分散其他同学的注意力；二是不要当众太让老师难堪，这也是为人处世的一个基本原则。

2. 对老师讲述的内容有异议时

① 要选择合适的时机，建议最好选择下课后单独找老师交换意见，共同探讨。

② 若需要当时提出，则要先举手后发言，态度要诚恳，谦虚恭敬。如问题比较复杂或讨论的时间比较长，最好留待下课再与老师讨论，不能为了个人的问题影响全班的教学进度，更不可扰乱课堂秩序。

任务书三

我与他/她

以下是许诺所在的班里一些同学的烦恼，小组讨论分析并为他们提供解决烦恼的办法。请组长将解决办法写在卡片上，以备展示。

烦恼 1 我不知该怎样与同学相处。开学的第一天，人生地不熟，大家都是新来的，我不怎么说话，没人注意我，结果自己慢慢变得孤僻，下课都不知能找谁说话，可与自己走得近的同学都挺喜欢我，觉得我挺好。明天就要参加军训了，我害怕与新同学见面，但又知道将来从事物流工作在哪里都会遇到陌生人，我永远也逃不过这"劫"，可该怎么做我真的不知道。

烦恼 2 非"同性"勿同行？前天放学突然下起大雨，小美没有带雨伞，这时同班的男生小勇撑着伞向她走来说："咱们一路，一起走吧！你也没伞。"小美看天色越来越暗，雨也没停的样子，于是和小勇一起走了。没想到第二天上学，同学们都用异样的眼光看着她，还不停地窃窃私语……小美真的觉得很冤枉。

锦囊五 ｡ 和新同学打交道的礼节

1. 笑脸迎人

学会微笑，即使刚开始时脸是僵硬的。

2. 谈论一些事实问题

比如，你的姓名，你的毕业学校，你的故乡、居住地，等等。
这些东西都是事实，不会存在被否定的风险。

3. 接受不同的观点

没有两个人的观点看法会完全一样的，所以有些人就不敢将自己的看法讲出来，怕自己的观点和别人不一样，更怕自己的看法被别人否定。比如，你说："哈，军训好累啊！"，另外一个人说："军训多轻松啊！"这样两个人就是持有不一样的观点。如果这样的不同观点多了，你可能觉得两人的谈话和交往就难以继续下去。其实，能允许和接受别人有不同观点的人往往容易交往到更多的朋友，因为这样的人是一个更包容的人。

4. 学会欣赏和肯定别人

比如，呵，你身体素质真棒！你很有办事能力！你真风趣幽默！你非常真诚！等等。这体现了你的领导能力。善于发现别人身上的"闪光"之处，并慷慨地把它说出来，是一种很重要的领导能力。如果你具备了这种能力，那么对于朋友之间的交往来说更加不在话下了。相反，如果你只会否定别人，不认可别人的不同观点，那么你很快会发现朋友们都会渐渐离你而去了。所以，学会欣赏别人，大方肯定别人与自己不同的观点，不仅能让你赢得朋友，还是一种尊敬他人的表现。

5. 学会与不同类型的人交往

我们可以把接触的人按照是否善于交谈分为两类：爱说话的和不爱说话的。对那些爱说话的同学，你要学会聆听，用心、虚心地听他说话，而不是轻易打断他、质疑他、纠正他。而对那些不爱说话的同学，你要学会与之分享自己的学习，分享自己的经历以及自己对于人事物的看法、自己的心情等。换句话说，就是介绍自己让别人了解和认识你，接下来别人就会选择是否继续和你深入交往。交友是两个人的事，不是你想和别人做朋友，别人就一定会把你当朋友，要学会尊重别人的选择。

6. 主动与人交往时，坦然接受任何反应

比如你跟人打交道时，有的人很热情，有的人却很冷淡，这些表现是他们个人性格的外在表现，与他人无关。我们不妨这样想：有些人外表似乎有点"冰"，其实内心可能像"火"一样渴望交往和朋友。

 锦囊六 ○○。 **与异性同学相处要有尺度**

中职生在异性交往过程中，要把握好"自然"和"适度"两个原则。

（1）自然原则。就是在与异性交往过程中，言语、表情、行为举止、情感流露及所思所想要做到自然、顺畅，既不过分夸张，也不闪烁其词；既不盲目冲动，也不矫揉造作。异性同学关系不必因为性别不同而变得不舒服或不自然。有些同学初次与异性接触时感到不安和紧张，有的连言行也无法控制，对此不必有过多焦虑，只要多接触几次，增强自信心，这种紧张状态就会消失。

（2）适度原则。是指异性交往的程度和异性交往的方式要恰到好处，应为大多数人所接受。如果花费大量的心思去结交异性朋友，做出不当的行为，不仅破坏了纯洁的友谊，而且严重影响了学习。异性同学交往既不可过多地参与异性之间的"单独活动"，也不在异性面前如临大敌，拒不接纳异性的热情与帮助。

【行动链接】

如何拓展人脉？

拓展人脉要掌握一定的法则。

1. 人都有戒心，对方对你采取的绝对是一种自卫姿态，甚至认为你居心不良，因而拒绝你的接近是很自然的反应。

2. 每个人都有"自我"，如采取主动的态度以求尽快接近对方，也许会使对方很快感受到你的热情，并给你热情的回应。可是大多数人会有受到压迫的感觉，因为他还没准备好和你"熟悉"，只有痛苦地应付你罢了。

3. 保持平静的、持续的接触，这样拓展出来的人际关系才是可以信赖的。

【行动巩固】

1. 将行动锦囊的内容落实到日常的校园生活和学习中去。

2. 每组同学创作两幅漫画，一幅反映与老师交往的礼仪，一幅反映与同学交往的礼仪。

【行动评价】

（　　）技能训练任务（　　）评价表

被考评组别		组员名单					
考评内容							
项　　目		积极参与 （20分）	知识运用 （20分）	处理技巧 （20分）	整体策略 （20分）	团队协作 （20分）	总分 （100分）
师评（占50%）							
其他小组评	小组一评						
	小组二评						
	小组三评						
他组评平均分（占50%）							

小组成员对个人评级：A（　　） B（　　） C（　　） D（　　）

A. 优秀（系数：1）；B. 良好（系数：0.9）；C. 一般（系数：0.7）；D. 合格（系数：0.6）

计算公式：个人得分＝（师评总分×50%＋他组评平均分×50%）×级别系数

第二模块 物流从业人员的个人形象

技能训练任务一 物流从业人员的仪容

【行动目标】

仪容礼仪是指讲究容貌上的美化和修饰。仪容美是自然美、内在美、修饰美三个方面的和谐统一。仪容在我们每个人的整体形象中占据着最为显著的地位，我们的仪容常常在向他人传递着最为直接、最为生动、最为深刻的第一信息。

仪容在人际交往中的确存在着"魅力效应"和"晕轮效应"，即任何人都可能出现凭部分印象来推想整体印象。在物流行业各种交往活动中，每个员工的仪容都会引起交往对象的特别关注，并将影响到对方对自己和企业的整体评价。因此，员工的仪容礼仪不仅代表个人自我形象，更代表物流公司的整体形象。

物流从业员一定要懂得仪容修饰的基本常识与技巧，以有效地弥补自身的生理缺陷和不足，努力为使自己成为一个成功的物流行业服务人员打下坚实基础。

通过本次行动的学习和训练，你将能够达到以下目标。

① 掌握自我发型的修饰。
② 学会化面部的淡妆。
③ 懂得保持自身局部的整洁。
④ 懂得肢体和其他部位的护理。

【行动准备】

1. 角色分配（分组）

根据授课对象的具体情况让不同的学生担任不同的角色。

2. 教具

课件、张贴板一块、书写卡片，洁面和化淡妆的护肤用品等。

3. 学生课前任务

① 将行动锦囊阅读一遍。
② 利用上网或其他工具查找相关理论知识。

【行动过程】

第一步骤：教师下达任务（具体见任务书）。

第二步骤：小组讨论方案和分角色完成任务书中的内容。

第三步骤：小组成果展示。每一组派代表向大家展示。

展示内容如下。

① 职业淡妆展示，首先教师做示范。

② 学生互相化妆示范或自我示范。

第四步骤：教师总结。

① 教师对学生的行动进行点评。

② 对知识内容进行总结。

③ 引出相关的行动锦囊。

任务书

　　物流专业学生许诺即将走上工作岗位，上周接到面试通知，现正为面试的仪容苦恼。假如有一天你跟许诺一样要准备面试，你应该如何设计自己的仪容呢？

　　请各小组成员根据自己的脸型设计以下内容。

① 设计一款适合自己面型、符合职业身份的发型。

② 根据职业要求，对自己的面部进行悉心的修饰，女同学学会化职业淡妆。

③ 对自己的肢体部位进行修饰。

　　请各小组的成员通过讨论形式来完成这个任务，然后以小组为单位进行展示。

【行动锦囊】

 锦囊一 　　**发型修饰——仪容的中心**

1. 头发整洁的原则

头发是个人形象最基本的要求。头发是否整洁干净，将直接影响他人对自己的评价。

2. 选择发型的原则

（1）物流从业人员的发型选择，应与自己的年龄、脸型、身材、性别相称。女士如为椭圆脸型，可选任何发式；圆脸型则应将头发梳高，并设法遮住两颊，增加脸部视觉长度；长脸面部瘦削，应适当遮住额部。男士如为长脸形，不宜留太短的头发；矮胖瘦小的人头发不宜长。

（2）发型还应与工作性质相称。在物流客服工作中，对男员工发型的要求是：前不垂额、遮眉，后不触领，不留鬓角，不留长发或扎小辫子；对女员工型的要求是：不留披肩长发，头发不遮脸，刘海不遮眉，长发应扎起来。

（3）物流从业人员的发型应美观大方、精神饱满、富有时代感（见图2-1），但也应该注

图 2-1　物流从业人员发型示意图

意不留过于新潮、怪异的发型，更不应该染发或剃光头。物流公司服务人员对自己的头发必须做到常清洗、勤修剪、常梳理、慎染烫、少头饰。

锦囊二 ○○。 面部修饰——仪容的细节

面部修饰最重要的是面部的清洁，面部修饰的注意事项如下。

1. 面容彻底洁净

清爽的脸庞会使人看起来亲切、可爱、精神十足。仪容干净整洁才是美。

2. 毛发干净无头屑

男士假如没有特殊的宗教信仰或民族习惯，应该养成每日剃须的好习惯和定期修面，最好坚持每一天剃须一次。女士也要经常检查体毛：若是唇上长有过于浓密的汗毛，应将其除去。四肢或腋下不雅的毛发也应及时去除。同时，还应经常检查鼻毛，使之不要外露。

3. 眼睛应保持清亮

一定要清洗干净，使眼角眼睛无眼屎、无睡意、不充血、不斜视。佩戴眼镜时，除了要考虑实用、美观之外，还必须保持眼镜的清洁，不仅要经常擦拭镜片，还必须定期清洗镜架，朦胧的眼镜会使人有尚未清醒、神恍惚的感觉。在较为正式的场合，应该尽量不戴墨镜或有色眼镜。女性不画眼影，不用人造睫毛。

4. 鼻部是面部上最立体的部位

修饰鼻部时，既要讲究卫生，又要重视其保养。在鼻部及其四周应防止暴皮、生疮或长"黑头"。清理鼻垢时，宜回避他人，并避免响声大作。此外，应对鼻毛定期修剪，但是不宜当众进行修剪。

5. 口部

（1）护唇。不允许嘴唇上残留任何异物，并且要防止其爆皮、开裂或者生疮。

（2）刷牙。牙齿是口腔的门面，开怀大笑时露出发黄或发黑的牙齿会使人的笑容大打折扣。牙齿上不要留有牙垢，最好做到每天刷3次牙，每次刷牙在餐后3分钟内进行，每次刷牙时间不应少于3分钟。为了保持口腔卫生，还应争取每半年洗牙一次。

（3）禁食。保持口气清新很重要，有些食物，如葱、蒜、韭菜、虾酱、腐乳以及烈酒等，平时要有意识地少用，参与重要的应酬前更应禁食此类食物。

6. 耳朵保持干净、不藏污纳垢

耳朵在镜子里出现的次数少于其他面部器官，所以做到以上两点就可以了。

7. 颈部

我们应保持颈部皮肤的清洁，加强颈部的运动与营养按摩，从20～25岁开始，就应开始预防，尽早护理，这样才能延缓衰老。

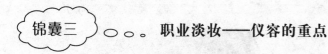

锦囊三 ○○。 **职业淡妆——仪容的重点**

1. 职业淡妆

日常化妆最重要的是保持自然，那种似有似无，给人赏心悦目感觉的妆容是最佳的。无论何种妆型，都必须遵循美化、自然、协调三大原则。

淡妆上岗是女性物流客户服务人员在化职业妆时必须遵循的基本规范和原则。以自身面部客观条件为基础，扬长避短，突出五官中最美的部分，并适当强调和美化，追求妆而不露、化而不觉的境界，达到自然大方、精致典雅的面部修饰效果。

2. 面部化淡妆的简单程序

（1）洁面。用温水及洗面奶彻底洗去脸上油脂、汗水、灰尘等污秽，以使妆面光艳美丽（见图2-2）。

（2）补紧肤水或营养水。将收缩水轻拍在前额、面颊、鼻梁、下巴等处，以收缩毛孔，绷紧皮肤，使之易于上妆。用量只需0.5～1毫升。

（3）搽护肤霜或美容隔离霜。目的是保护皮肤免受化妆品的刺激，并使粉底霜易于涂敷（见图2-2）。

（4）打底色。选择两种以上适合自己皮肤的粉底霜，按面部不同的区域分别涂敷深浅不同的粉底霜，以得到有立体感的妆面（见图2-3）。

（5）修眉、画眉（见图2-4）和拔眉。

图2-2　洁面及涂抹　　　图2-3　上粉底示意图　　　图2-4　画眉示意图
　　　　护肤霜示意图

（6）画眼线。沿睫毛根部画出一条细线，尽可能贴近睫毛。

（7）眼部着色（即涂眼影）。重点是上眼帘，可从帘缘到眉毛下缘，着色时由深到浅并巧施亮色以加强眼睛的立体感（见图2-5）。

（8）打腮红。用胭脂扫或手指将胭脂涂在面颊的相应部位（见图2-6）。

（9）定妆。在做完以上步骤后，再扑上一层半透明的定妆粉。

（10）涂口红。先用唇线笔画出理想的唇型，然后填入唇膏（见图2-7）。

（11）检查化妆效果用镜子自我检查局部效果和总体效果，

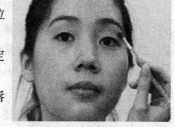

图2-5　画眼影示意图

必要时进行补妆或矫正。

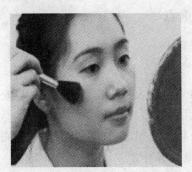
图 2-6 上腮红示意图

图 2-7 涂口红示意图

 锦囊四 ○○。 **肢体的修饰——仪容不可忽视的部位**

1. 手及手臂的修饰

在人际交往中，手和手臂所展现的肢体语言是最多最丰富的，其中特别是手——它是最能显露出人的高雅与否的重要部位，所以手及手臂的修饰要注意以下几方面。

（1）不留长指甲。在工作场合不宜留长指甲。一方面，由于工作的需要，在正式场合要保持指甲的适度修理。比如，打字员如果留长指甲会不便操作，而饮食服务行业如果留长指甲则不利于卫生。另一方面，工作时留着长指甲容易转移注意力。除此之外，如有人习惯将小指指甲留长；有的人当众剪指甲，这些都是不良举止，应加以修正。

（2）不画艳妆。工作时不应涂艳丽色彩的指甲油。如果只是为了美观和时尚，在指甲上涂彩色指甲油，或在指甲上进行艺术绘画。如出于养护指甲的目的，可以涂无色指甲油。手臂上刺字、贴画、文身对于八小时上班族来说更不允许。

（3）不要腋毛外露。工作时最好不要穿无袖外衣以免露出腋窝，但某些特殊情况下必须穿无袖外衣时，应注意剃去腋毛不要使其外露。

2. 腿部的修饰

俗话说，"远看头，近看脚，不远不近看中腰。"可见，腿部在近距离范围内是他人所注视的重点。所以腿部的修饰包括以下几方面。

（1）脚和腿部的清洁。平时，我们应注意保持脚部的卫生，勤洗脚，勤换袜子、鞋子，保证脚部无异味。脚趾甲要勤于修剪，最好每周修剪一次。

（2）脚和腿部的遮掩。我们要做到"四不"：不光腿，不光脚，不露趾，不露跟。正式场合应避免将腿部的皮肤暴露在外，即男士不允许穿短裤，女士着裙装不允许光腿不穿丝袜。即使在非正式场合穿着露腿的服装，也应先脱去或剃去腿毛。

（3）控制体味和体声。男士的体味和口味宜保持清新，不得有汗味、异味；女士的体味和口味宜自然芬芳。使用香料（香水）遮盖不雅体味时，不要使用过于强烈气味的产品。在社交场合要发出咳嗽、打喷嚏、打哈欠、清嗓、打嗝等异响时，应尽量控制，如不慎弄出了声响，则应用手绢捂住口鼻，面向一侧，避免发出大声，并道声对不起。

【知识链接】

> **相关局部修饰处理知识：关于体味的小知识**
>
> 人体皮肤上大约有330多万个汗腺，平均每平方厘米就有9万多个。因此，每个人都有自己或重或淡的体味。如果体味过于明显，勤洗澡或使用祛除体味的物品是非常必要的。

【行动巩固】

请根据自己的实际情况，查一查自己的仪容有哪些方面不够规范，并填写以下表格（见表 2-1）。

表 2-1　仪容检查

检查部位	洁净程度	健康程度	检查达标度	改进措施
脸部				
毛发				
唇部				
牙齿				
鼻部				
耳朵				
眼睛				
头发				
发型				
手臂				
腿部				
体味				

【行动评价】

（　　）技能训练任务（　　）评价表

项　　目		发型设计（20分）	化淡妆（20分）	自身整洁（20分）	整体效果（20分）	团队协作（20分）	总分（100分）
师评（占50%）							
其他小组评	小组一评						
	小组二评						
	小组三评						
	小组四评						
	小组五评						
他组评平均分（占50%）							

技能训练任务二　物流从业人员的表情

【行动目标】

表情即人的内心情感在面部的肌肉表现，是人们在讲究礼节时的情感表达，也是人际交往中相互沟通的形式之一。表情是人的思想感情的自然露，一个人的喜、怒、哀、乐都可以通过表情流露出来。物流是一个服务性行业，物流从业员在工作过程中要学会如何与客户交流。表情作为面对客户的一扇窗口，对每一位物流从业员尤其重要。

通过本行动的学习和训练，你将能够达到以下目标。

① 在客户服务中正确运用目光语言。

② 在客户服务中学会微笑的礼仪。

③ 懂得在客户服务中表情语言的要求。

【行动准备】

1. 角色分配（分组）

根据授课对象的具体情况让不同的学生担任不同的角色。

2. 教具

课件、张贴板一块、油性笔若干支、板钉一批、书写卡片（不同形状若干）。

3. 学生课前任务

① 将相关行动锦囊阅读一遍。

② 利用上网或其他工具查找相关理论知识。

【行动过程】

第一步骤：教师下达任务（具体见任务书）。

第二步骤：小组讨论方案和分角色完成任务书中的内容。

第三步骤：小组成果展示。

每一组派代表向大家展示，展示内容如下。

① 在物流服务中正确运用目光语言。

② 在物流服务中学会微笑的礼仪。

③ 在物流服务中表情语言的要求。

第四步骤：教师总结。

① 教师对学生的行动进行点评。

② 对知识内容进行总结。

③ 引出相关的行动锦囊。

任务书一

　　物流专业学生许诺被一家物流公司录用了。通过上岗培训后，公司给他的第一个岗位是递送员。请以小组为单位，讨论许诺在面对客户进行收派件业务时，应如何正确运用目光语言与客户交流。

　　请小组成员分角色扮演递送员许诺及客户陈小姐，模拟演练收派件业务，并正确运用目光语言与客户交流。

【行动锦囊】

 锦囊一 ○○。。 **心灵的语言——目光（眼神）**

1. 目光的作用

眼睛被人们称为心灵的窗户。眼神最能倾诉感情，沟通思想，表现自己的喜恶情绪，这是因为心灵深处的奥秘，会自觉不自觉地通过眼神流露出来（见图 2-8）。目光是受感情制约的，人眼的表现力极为丰富、极为微妙，很难规定一定的模式。一双炯炯有神的眼睛给人以感情充沛、生机勃发的感觉；目光呆滞麻木，则使人产生疲惫厌倦的印象。在人际交往中，目光也可以反映一个人的礼仪修养。能正确地运用目光就能恰当地表现出内心的情感，因此，只有把握好自己的内心感情，目光才会很好地发挥作用。

2. 眼神的礼仪规范

（1）注视的时间。社交场合与同性自然对视，应在 1～3 秒之间；社交场合与异性目光对视，最长不能超过 2 秒。

（2）注视的角度，有俯视、平视、仰视、侧视。

（3）注视的部位

① 亲密注视区间。双目直视对方眼睛和脸部，自然而无顾忌。

② 社交注视区间。目光投向对方额头至上身第二粒纽扣以上和两肩之间的区域，谨慎而彬彬有礼。

（4）人及交往中的空间与距离

① 亲密距离——0～45cm。

② 个人距离——46～120cm。

③ 社交距离——120～360cm。

④ 公共距离——360cm 以上。

3. 目光在不同场合与不同情况的运用（见图 2-8）。

在人与人之间进行交流时，目光的交流总是处于最重要的地位。

（1）信息的交流要以目光的交流为起点。交流过程中，双方要不断地运用目光表达自己的意愿、情感，还要适当观察对方的目光，探测"虚实"。

（2）在各种礼仪形式中，目光有重要的位置，目光运用是否得体会直接影响礼仪的质量。当你在注视对方时应该注保持和悦的眼神，以示对客人的尊重和关注。但一定不要长时间凝视对方，更不能长时间盯住对方某个部位，使别人尴尬和难堪。可以把目光投向对方额头至上身第二粒纽扣以上和两肩之间的区域。

图 2-8　目光示意图

（3）目光和态度也很有关系。在交谈过程中，目光应亲切、注视对方，避免产生俯视和侧视。在态度反应上若东张西望、心不在焉或继续手上工作、头也不抬，这些都是缺乏诚意和藐视别人的表现，极为失礼。

4. 对方目光的运用

在掌握并正确运用自己目光语言的同时，还应当学会"阅读"对方目光语言的方法。从对方的目光变化中分析他的内心活动和意向。

（1）对方的目光和表情和谐地统一，表示思想专注，谈兴正浓，很感兴趣，交谈可以继续。

（2）对方的目光长时间中止接触或游移不定，表示对方不感兴趣，交谈应当尽快结束。

（3）对方的目光斜视，表示鄙夷；目光紧盯，表示疑虑；偷眼相觑，表示窘迫；瞪大眼睛，表示吃惊，等等。

目光语言是千变万化的，都是内心情感的流露，学会阅读分析目光语言对于正确处理社交活动有着重要意义。

任务书二

1. 分小组进行微笑训练，具体可分四个步骤：

第一步：念"一"，使面颊肌肉向上抬，口里念"一"音。

第二步：口眼结合，微笑时不光脸部要笑，眼睛也要保持笑容，做到"眼形""眼神"都微笑。

第三步：与语言结合，微笑也可以用声音表现出来，训练时，可伴以各种礼貌用语。

第四步：仪表举止相结合，练笑容时应结合各种服务姿态进行。

2. 在班内举行"'微笑'——构建与客户沟通的桥梁"微笑大使比赛。

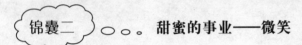 锦囊二 ○○。 **甜蜜的事业——微笑**

1. 微笑的重要性

微笑可以表现出温馨、亲切的表情，能有效地缩短沟通双方的距离，给对方留下美好的心理感受，从而形成融洽的交往氛围。因而微笑不仅是一种外化的形象，也是内心情感的写照。

人的感情是非常复杂的，表现在面部有"喜、怒、哀、乐"等多种形式，其中"笑"在人际交往中有着突出重要的作用，面对不同的场合、不同的情况，如果能用微笑来接纳对方，可以反映出本人高超的修养，待人的至诚，是处理好人际关系的一种重要手段。

2. 微笑的礼仪规范

微笑的功能是巨大的，但要笑得恰到好处也是不容易的，所以微笑是一门学问，又是一门艺术。礼仪要求是：发自内心、自然大方，显示出亲切来；要由眼神、眉毛、嘴巴、表情等方面协调动作来完成。要防止生硬、虚伪、笑不由衷。要笑得好并非易事，必要时应当进行训练，有意识地改善自己的微笑。

3. 对微笑及笑容的规范要求

笑容，即人们正在笑的时候的面部表情。利用笑容，可以消除彼此之间的陌生感，有利于打破交流障碍，创造有利氛围去实现更好沟通与交往。

（1）笑的种类。在商务交往中，合乎礼仪的笑容分作以下几种：含笑、微笑、轻笑、浅笑。

（2）笑的方法。笑的共性是面露喜悦之色，表情轻松愉快。就方法而言包括以下几种。

① 发自内心。笑的时候要自然大方，显示出亲切。

② 声情并茂。笑的时候要做到表里如一，使笑容与自己的举止、谈吐有很好的呼应。

③ 气质优雅。笑的时候要讲究笑得适时、尽兴，更要讲究精神饱满，气质典雅。

④ 表现和谐。从直观上看，笑是人们的眉、眼、鼻、口、齿以及面部肌肉和声音所进行的协调行动。

但是如是发笑的方法不对，要么笑得比哭还难看，要么会显得非常假，甚至显得很虚伪。

（3）笑的禁忌。在画龙点睛式场合笑的时候，严禁下述几种笑出现：假笑、冷笑、怪笑、媚笑、怯笑、窃笑、狞笑。

 对面目表情的要求——亲切

表情（见图2-9）是人体语言中最为丰富的部分，是内心情绪的反映，人们通过喜、怒、哀、乐等表情来表达内心的感情。面部表情是指人们面部所显示出的综合表情。它对眼睛和笑容发挥辅助作用，同时也可以自成一体，表现自己的独特含义。现代心理学家对感情的表达总结出如下公式：

图2-9　表情

感情的表达＝7％言语＋38％语音＋55％优雅的表情

在物流服务接待和人际沟通方面表情起着重要作用，因此有必要正确把握和运用好自己的表情。

【行动链接】

> **不良的眼神**
>
> ①谈兴正浓时，东张西望或看表；②与人交谈时，眼睛不断上扬；③目光经常闪烁不定；④直盯对方双眼；⑤眯视；⑥扫视；⑦斜视；⑧无视。

【行动巩固】

1. 微笑训练方法一

对着镜子用一张厚纸遮住眼睛以下的部位，心里想着最高兴的事情，此时，你的整个面部就会露出自然的微笑，你眼睛周围的肌肉也处于微笑的状，这就是"眼形笑"。然后将厚纸遮住眼睛，放松面部肌肉，嘴角两端向上略微提起，这就是"脸形笑"（见图2-10、图2-11）。

2. 微笑训练方法二

（1）把手举到脸前。

（2）双手按箭头方向做"拉"的动作，一边想像笑的动作，一边使嘴笑起（见图2-12）。

3. 微笑训练方法三

将一根筷子放在下唇上，用门牙轻轻咬稳筷子，露出八颗牙（见图2-13）。

图 2-10　眼形笑　　图 2-11　脸形笑　　图 2-12　"拉"笑　　　　图 2-13　咬筷子

【行动评价】

（　　）技能训练任务（　　）评价表

项　目		目　光（20分）	微　笑（20分）	表　情（20分）	整体效果（20分）	团队协作（20分）	总分（100分）
师评（占50%）							
其他小组评	小组一评						
	小组二评						
	小组三评						
	小组四评						
	小组五评						
他组评平均分（占50%）							

技能训练任务三　物流从业人员的仪态

【行动目标】

仪态是指人在行为中的姿势和风度。姿势是指身体所呈现的样子，风度则属于内在气质的外化。每个人总是以一定的仪态出现在别人面前，一个人的仪态包括他的所有行为举止：一举一动、一颦一笑、站立的姿势、走路的步态、说话的声调、对人的态度、面部的表情等。而这些外部的表现又是他内在品质、知识、阅历、能力、素质修养等的真实流露。

一个人优美的仪态、迷人的风度、高雅的气质往往来源于内在美。内在美是仪态美的基础和前提。人际交往中，一个人的举止、行为、表情可以在无声中向他人传递一定的信息，所以仪态也被称为人的体态语。

通过本行动的学习和训练，你将能够熟练掌握以下要求。

① 正确的站姿、坐姿、走姿、蹲姿。

② 正确的体态语言。

③ 在客户服务中手势语言的要求。

【行动准备】

1. 角色分配（分组）

根据授课对象的具体情况让不同的学生担任不同的角色。

2. 教具

课件、张贴板一块、油性笔若干支、板钉一批、书写卡片（不同形状若干张）。

3. 学生课前任务

① 将相关行动锦囊阅读一遍。

② 上网或利用其他工具查找相关理论知识。

【行动过程】

第一步骤：教师下达任务（具体见任务书）。

第二步骤：小组讨论方案和分角色完成任务书中的内容。

第三步骤：小组成果展示。

每一组派代表向大家展示，展示内容如下。

① 正确的站姿、坐姿、走姿、蹲姿。

② 正确的体态语言。

③ 在客户服务中手势语言的要求。

第四步骤：评价。

其他小组和教师对此进行互评并分别打分，教师最后打分。

第五步骤：教师总结。

① 教师对学生的行动进行点评。

② 对知识内容进行总结。

③ 引出相关的行动锦囊。

任务书一

　　物流专业学生许诺即将要走上物流岗位，物流从业员的个人形象会对客户产生直接影响。为了保持良好的个人形象，许诺每天都做相关的训练。下面，让我们先和他一起做站姿训练吧！

　　1. 个人靠墙站立，要求脚后跟、小腿、臀、双肩、后脑勺都紧贴着墙，每次训练20分钟左右，每天一次。

　　2. 在头顶放本书使其保持水平状态，然后使颈部挺直、下巴内收、上身挺直，每次训练20分钟左右，每天一次，直到习惯正确的坐姿为止。

【行动锦囊】

 标准的站姿——站如松

1. 正确的站姿

（1）基本站姿要领：头正、颈直、肩平、挺胸、腰立、手垂、腹收、臀收、腿直、腿靠。

（2）保持优美的站姿是服务人员的基本功之一。

（3）在物流公司，员工"站立"是服务接待的主要姿势。因为站立服务传递着随时为客人服务的信息，能体现出对客人的尊重。

2. 常用站姿

常用的站姿有：垂臂式站姿；后背握指式站姿；女士腹前握指式站姿；男士腹前握指式站姿；单臂后背式站姿；单臂前曲式站姿（见图 2-14～图 2-19）。

图 2-14　垂臂式站姿　　　　图 2-15　后背握指式站姿　　　图 2-16　女士腹前握指式站姿

图 2-17　男士腹前握指式站姿　　　图 2-18　单臂后背式站姿　　　图 2-19　单臂前曲式站姿

3. 站姿训练

（1）单人训练法。身体保持在一条直线上，让后背、脚后跟、臀部、肩及后脑完全紧贴墙壁，保持自然呼吸，腹部收紧，面部放松，自然微笑。每天训练 15 分钟，坚持一个月，完美的体态将呈现在你眼前。

（2）双人训练法。两人为一组背靠背站立，尽量让两人的脚后跟、腿、臀部、双肩、后脑都紧贴在一起，每次训练 15 分钟。

（3）道具训练法。在头顶平放一本书，为了塑造腿部美感，可在两腿中间夹上一张纸片，站立时保持面部微笑，呼吸自然。训练过程中要求头部的书和两腿间的纸片不能落地，身体保持平衡状态，每天训练以 10 分钟为宜。要想保持完美的体态，最好的方法就是反复练习，贵在坚持。

4. 不同情况下的站姿

① 在升国旗、奏国歌、接受奖品、接受接见、念悼词等庄严仪式场合中应肃立。

② 在演讲、销售时，可双手支撑讲台，两腿轮流放松；在主持文娱活动时，双腿可并拢或呈"丁"字步。

③ 在迎候宾客时，双腿可平分站立。

④ 礼仪小姐的站立要更趋艺术化。

任务书二

为了更快地适应物流岗位的要求，接下来我们与许诺一起做坐姿训练。

按坐姿练习的要领，着重脚、腿、腹、胸、头、手部的训练。训练时可以播放舒缓、优美的音乐以减轻疲劳。每天训练20分钟左右，要求持之以恒。

锦囊二 ○○。 **端庄的坐姿——坐如钟**

（1）坐姿（见图2-20～图2-23）。坐姿，即人在就座之后所呈现的姿势，端正的坐姿能体现出个人的修养和对客人的尊重。

图2-20　前后式坐姿

图2-21　侧位坐姿

图2-22　正位坐姿

图2-23　男士基本坐姿

（2）标准的坐姿的要求是"坐如钟"。"坐如钟"，即坐相要像钟那样端正。正确的坐姿要领：头正、挺胸、腰立、角度、深浅、手位、腿并。入座后应保持上身正直，身体也可稍往前倾，只坐椅子的一半或2/3。两腿自然弯曲，双膝并拢，两手平放膝上，胸微挺，腰伸直，目平视，嘴微闭，面带笑容。如果端坐时间过长感觉疲劳，可变换为侧坐，即向左（右）摆45度角，两脚、膝靠拢，手臂也可轻靠椅背上。无论哪种坐姿，都应该体现出优美的仪态。

（3）入座时的具体要求（见图2-24）

① 男子入座时，要从左侧入座，走到座位转身，将右脚后移半步，轻稳坐下。

② 女子入座时，应从左侧入座，走到座位转身，将右脚后移半步，先用手轻拢裙摆后，再轻稳坐下。

③ 离开座位时，右脚先后移半步，轻盈站起，然后从左侧离开座位。

（4）坐姿四忌

① 忌坐落有声。入座时，应避免碰撞椅子发出噪音，体现出自身好的修养。

② 前趴后仰。入座后，头不应靠在椅背上，上身不趴向前方或两侧，保持上身正直。

图 2-24　入座的步骤

③ 忌手位不当。入座后，不要双手抱臂，不要将肘部支于桌子之上，也不要将双手压在大腿下或夹在大腿中间。

④ 忌腿脚动作不雅。坐姿中，双腿分开过大、抖脚、跷二郎腿、脚尖朝天、脚踏其他物品等都是不雅的姿势。

任务书三

为了更快地适应物流岗位对个人形象的要求，请大家和学生许诺一起来训练走姿。

请以小组为单位进行练习。在地面上画一条直线，行走时要求双脚内侧踩在直线上，若行走时双脚一直碰到直线，即证明两只脚是在一条直线上。训练时，需配上行进音乐，音乐节奏为每分钟60拍。

 锦囊三 ○○。　**正确的走姿——行如风**

1. 正确的走姿（见图 2-25）

对走姿的基本要求是"行如风"，即走起路来要像风一样轻盈，具体要求如下。

图 2-25　正确走姿的示意图

（1）全身自然挺直，收腹，昂首挺胸。面朝前方，双眼平视正前方，面带笑容，身体形成一条直线。

（2）双肩平稳，两臂自然摆动。两臂以身体为中心，前后自然摆动，摆动幅度以 30°为佳。

（3）全身协调，匀速行进。举止协调、配合，表现轻松自然。

（4）起步前倾，中心在前。膝盖要伸直，步态要优美。

（5）直线行走，自始至终。身体不要左摇右摆，要沿一直线移动。

男性行走时，应沿中心线两边行走，踩出两条平行线；女性行走时，应踩着中心线行走，基本踩出一条直线；手臂自然摆动，使行走姿势更加优美；脚尖前伸，步幅适中——前脚跟与后脚尖应相距一脚之长。

2. 走姿三忌

（1）忌步态不雅。"内八字"脚或"外八字"脚、走路时横向摇摆、蹦蹦跳跳或手插裤袋都是不雅的姿势。

（2）忌制造噪声。行走时脚步过重，声音过响，穿钉有金属鞋掌的鞋子行走或拖着脚行走都会发出令人厌烦的噪声，应该尽量避免。

（3）忌不守秩序。行走时横冲直撞、与人抢道、阻挡道路等都违反了公共秩序，既妨碍他人行走，也有损自身形象。

任务书四

上班的第一天，许诺在办公室不小心掉了一支笔在地上。请代入角色，以正确的蹲姿将笔捡起。要求：按照男女生不同的蹲姿要求以小组为单位练习。女同学学会运用交叉式蹲姿、高低式蹲姿。练习后，每组同学上台展示，其他组员对每组的表现进行评价，选出做得最好的一组。

锦囊四　正确的蹲姿——蹲得美观、大方

1. 正确的蹲姿（见图 2-26）

当要下蹲取物时，上体尽量保持正直，两腿合力支撑身体，靠紧向下蹲。女士无论采取哪种蹲姿都要将腿靠紧，臀部向下。举止应自然、得体、大方、不造作，这样才能体现出蹲姿的优美。

图 2-26　正确蹲姿

2. 优雅的蹲姿一般有两种

（1）交叉式蹲姿。下蹲时右脚在前，左脚在后，右小腿垂直于地面，全脚着地。然后左腿在后与右腿交叉重叠，左膝曲后，伸向右侧，左脚跟抬起，脚掌着地。交叉式蹲姿要求两

腿前后靠紧，合力支撑身体，臀部向下，上身稍前倾。

（2）高低式蹲姿。下蹲时左脚在前，右脚稍后（不重叠），两腿靠紧向下蹲。然后左脚全脚着地，小腿基本垂直于地面，右脚脚跟提起，脚掌着地。高低式蹲姿要求右膝低于左膝，左膝内侧靠于右小腿内侧，形成左膝高右膝低的姿势。臀部向下，基本上以右腿支撑身体。男士选用这种蹲姿时，两腿之间可有适当距离。

3. 优雅蹲姿的基本要领

站在所取物品的旁边，蹲下屈膝，而不要低头，也不要弓背，要慢慢地把腰部放低；两腿合力支撑身体，掌握好身体的重心，臀部向下。一脚在前，一脚在后，两腿下蹲，使脚全着地，小腿基本垂直于地面，后脚跟提起，前脚掌着地，臀部向下。女士则要两腿并紧，穿旗袍或短裙时需更加留意，以免尴尬。男士两腿间可留有适当的缝隙。

4. 具体做法为

① 若用左手捡东西，要先走到东西的右边，左脚向后退半步后再蹲下来。
② 若用右手捡东西，要先走到东西的左边，右脚向后退半步后再蹲下来。
③ 蹲下来以后脊背保持挺直，臀部一定要向下，避免弯腰翘臀的姿势。特别是穿裙子时，如不注意，背后的上衣自然上提，露出臀部和内衣都是不雅观的。即使穿着长裤，两腿展开平衡下蹲，撅起臀部的姿态也不美观。

我们在日常生活中经常处于各种活动的状态，除了站、坐、走、蹲之外，其他动作是否美观也是我们不可忽略的，应时刻加以注意。

【知识链接】

手势的运用

在介绍客人、为客人指示方向、引领客人等服务中都需要运用规范的手势。具体要求：伸出右手，五指并拢，掌心向上，上臂自然下垂，以肘关节为支点，由内向外自然伸开小臂。

【行动巩固】

各展风姿：各小组展示站姿、坐姿、走姿、蹲姿及正确使用手势。

【行动评价】

（　　）技能训练任务（　　）评价表

项　目		坐姿 （20分）	站姿 （20分）	走姿 （20分）	蹲姿 （20分）	团队动作 （20分）	总分 （100分）
师评(占50%)							
其他小组评	小组一评						
	小组二评						
	小组三评						
	小组四评						
	小组五评						
	互评平均分						
	按50%计入总分						

技能训练任务四 服饰礼仪

【行动目标】

服饰，体现着一种社会文化，体现着一个人的文化修养和审美情趣，是一个人身份、气质、内在情感及其对生活态度的无言的介绍信。得体的服饰对于美化仪表、改善形象有着极其重要的作用，服饰所能传达的情感与意蕴是用语言所不能替代的，因此在个人形象中居于重要地位。在日常工作和交往中，尤其是在正规的场合，如何穿着打扮正在越来越引起现代人的重视。

通过本行动的学习和训练，你将能够达到以下目标。

① 掌握服饰 TPO 原则及着装技巧；

② 让学生能在未来的生活、工作中，针对不同场合、不同对象正确运用所学的服饰知识塑造优雅、得体的仪表。

【行动准备】

1. 角色分配（分组）

根据授课对象的具体情况让不同的学生担任不同的角色。

2. 教具

课件、各类服饰（图 2-27）。

图 2-27　服饰示意图

3. 学生课前任务

① 将相关行动锦囊阅读一遍。

② 上网或利用其他工具查找相关理论知识。

【行动过程】

第一步骤：教师下达任务（具体见任务书）。

第二步骤：小组讨论方案和分角色完成任务书中的内容。

第三步骤：小组成果展示。

每一组派代表向大家展示，展示内容如下。

① 化职业淡妆展示，首先教师做示范。

② 分角色扮演学生互相化妆示范或自我示范。

第四步骤：教师总结。

① 教师对学生的行动进行点评。

② 对知识内容进行总结。

③ 引出相关的行动锦囊。

任务书一

　　时间一过就是两年，为了找到心仪的实习单位，许诺正思考如何为自己面试的着装做准备。请每位同学进行角色代入，如果要前往应聘的是你，你应该如何着装呢？请根据你应聘的职位要求，完成以下任务。

　　① 每位组员设计一款合适自己的着装前往应聘，并向小组成员进行展示并说明。

　　② 各小组分别将设计方案进行演示。

【行动锦囊】

 **锦囊一** **服饰的 TPO 原则**

TPO 是英文 Time、Place、Object 三个词首字母的缩写。T 代表时间、季节、时令、时代；P 代表地点、场合、职位；O 代表目的、对象。服饰 TPO 原则是世界通行的着装打扮的最基本原则：要求人们的服饰要力求以和谐为美；着装要与时间、季节相吻合；着装要与所处的场合、环境相吻合；与不同国家、区域、民族的不同习俗相吻合；与自己的工作职业条件吻合；要根据不同的交往目的、交往对象选择服饰，要给人留下良好的印象。根据服饰 TPO 原则，着装时应注意以下几个问题。

1. 符合身份

要给自己进行正确地自我定位，我们一般强调男女之别、长幼之别、职业之别、身份之别、民族之别。着装时，一定要谨记上述五个有所区别的特征。

2. 扬长避短

选择服装是因人而异的，关键在于展示身材优点、遮掩缺点，显现独特的个性魅力和最佳风貌。现代人的服饰呈现了越来越强的表现个性的趋势。

3. 区分场合

① 办公场所，比如办公、会议、商谈等场合，着装的基本要求是庄重、保守。

② 社交场合及工作之余的交往应酬时间，比如宴会、舞会、音乐会、聚会、串门等场合，着装的基本要求是时尚、个性。

③ 休闲场合即工作之余的个人活动时间，比如在家睡觉、健身运动、观光游览、逛街购物等场合，着装的基本要求是舒适、自然。

4. 保持整洁

任何情况下服饰都应该是整洁的。衣服不能沾有污渍，不能有绽线的地方，更不能有破洞的地方，扣子配件应齐全，领和袖口处尤其要注意整洁。

5. 遵守常规

自觉遵守有关着装约定俗成的规矩。恰当、得体的着装不但能反映出个人的审美趣味和品位，同时能体现个人的文化修养，它会直接影响他人主观判断和第一印象。

任务书二

全班举行职业服饰形象设计大赛，要求如下。
① 男同学穿上职业服装演示，并解说职业着装的礼仪细节，女同学加点评。
② 女同学穿上职业服装演示，并解说职业着装的礼仪细节，男同学加以点评。

锦囊二 ○○。 西装的着装礼仪与技巧

西装的穿着必须要合身、合时、合礼、合俗、合规，如图 2-28 所示。

1. 西服

西服必须烫挺烫直，正式场合需要着套装，套装须搭配衬衫和领带，穿着西服要遵循三色原则（即全身颜色不超过三种）。

2. 西裤

因西装讲究线条美，所以西裤必须要有中折线。西裤长度以前面能盖住脚背，后边能遮住 1cm 以上的鞋帮为宜。穿着时，不能随意将西裤的裤管挽起来。西裤的质料应与西装的质料相同，忌混搭风格。

图 2-28　男式西装正装

3. 衬衫

衬衫的图案以无图案为最佳。色彩必为单一色彩，以白色为宜，领型以方领为宜。正装衬衫应为长袖衬衫。穿西装领带时衬衫的第一粒纽扣一定要系好；不系领带时，衬衫的第一颗纽扣应松开。衬衫的不可过长，下摆应塞裤子里。衬衫的袖口应露出西装外约 1～2cm；衬衫的衣领应高出的衣领 0.5～1cm，这样既美观，又可以起到保护西装的作用。

4. 袖子

西服的袖子长度以手臂下垂，袖子下端离拇指 10cm，比衬衫袖子短为宜。袖口的商标应剪下来，穿着时不能将袖口挽起。

5. 领带

穿套装必须系领带。领带应外形美观、平整、无挑丝、疵点、无线头、衬里毛料不变形、悬垂挺括。领带的质地一般以真丝、纯毛为宜。领带的颜色应以与自己西服颜色相称、光泽柔

和、典雅朴素的为宜，同一条领带上色最好少于三种，主要以单色或几何形状图案为主。斜纹图案表示果断权威、稳重理性，适合在谈判、主持会议、演讲的场合；圆点、方格的图案表示规中矩、按部就班，适合初见面和见长辈上司时用；不规则的图案表示活泼、个性、创意和朝气，适合酒会、宴会和约会时用。打领带的基本要求是挺括、端正，标准长度是下端的箭头正好抵达皮带扣的上端。领带夹是已婚人士的标志，应夹在领结下 3/5 的长度处。

6. 纽扣

站立时西装上衣的纽扣应当系上，在内穿背心或毛衣，外穿单排扣西装上衣时除外。就座后，西装上衣的纽扣则要解开，以防西装走样。通常单排两粒扣的西装只系上边的那粒纽扣；单排三粒扣的西装只系中间的那粒纽扣或系上边的两粒纽扣；双排扣的西装则要全部系上纽扣。

西装背心只能与单排扣西装上衣配套。西装背心有六粒扣与五粒扣之分，六粒扣的西装背心最底下的那粒纽扣可以不系，五粒扣的西装背心则要全部都系上纽扣。双排扣式的西装背心也要全部系上纽扣。系扣和解扣的顺序也有要求，单排三粒扣的西装先系上中间的扣子，再系上上边第一粒扣子；解扣的顺序则相反，即先解上边第一粒扣子，然后再解开中间的扣子。

7. 皮带

穿西裤时要系上皮带，皮带要选择质量好的，颜色要与服相配。通常藏蓝色、灰色或黑色的西裤适合配黑色皮带；米色或棕色的西裤适合配棕色皮带。皮带扣的颜色以是金色或黑色为佳。皮带系好后，皮带的尾端应介于第一个和第二个裤袢之间，皮带宽窄应该保持在3cm 左右，皮带头与拉链应成一条直线。

8. 口袋

西装的上衣口袋只做装饰之用，不可以用来装任何东西，必要时可装折好花式的手帕。左胸内侧的衣袋可以装票夹、钱夹、小日记本或笔。西装右胸内侧的衣袋，可以名片、香烟、打火机等。裤兜与上衣口袋一样，不能装物，以使裤型美观，西裤的后兜可以装手帕、零用钱等。

9. 袜子

穿西服套装时，一定要穿与西裤、皮鞋颜色相同或较深颜色的袜子，一般为黑色、深色或藏青色为主。袜子的长度不得低于踝骨。

10. 鞋子

男士至少应该有两双质量较好的皮鞋，皮鞋的颜色与皮带一致。正式的场合最好穿系带的皮鞋，皮鞋的鞋跟和鞋底不能是橡胶质地的，最好是皮质地的或木质地的鞋跟及鞋底。

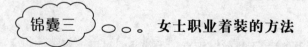

锦囊三 ○○。 **女士职业着装的方法**

职场女性的着装要遵循职业化、女性化，以职位标准择装的基本原则，充分发挥穿衣这一"形象工程"，塑造简约、素雅、端庄的女性形象，为有利于自身的发展而努力。在职业领域中，风格独特、样式及色彩合适的职业套装并不是呆板、沉闷的代名词，而是能够最好凸显智慧女性的文化涵养和职业风范的服饰，既保证了服装礼仪的正规性，又不失女性的柔美典雅。女套装分为裙装和裤装，裤装的隆重度一般不如裙装，一般正式场合和较为重要的社交场合职业女性应该穿裙装（见图 2-29）。

图 2-29 女西装裙装套装

1. 套裙的穿法

（1）搭配适当。上衣不宜过长或过短，裙子的下摆恰好抵达着装者小腿肚上最丰满处为宜。坐下时直筒裙会自然向上缩短，如果这时裙子离后膝盖的长度超过 10cm 就表示这条裙子过短或过窄。搭配的衬衣面料应轻薄、柔软，颜色应雅致端庄且无图案，款式以保守为宜。在正式的商务场合中，无论什么季节正式的商务套装都必须是长袖的。上衣袖长以恰恰盖住着装者的手腕为宜。内衣、衬裙不外露、不外透，其颜色一致且外深内浅。

（2）穿着到位。不允许将上衣披在身上或者搭在身上，更不允许当着别人的面随便将上衣脱下。

（3）系好纽扣。上衣的纽扣必须一律全部系上，最上端的一粒纽扣除外。

（4）考虑场合。正式的场合，以穿着套裙为宜。

（5）协调妆饰。化淡妆恰到好处即可，佩饰以少为宜，并且佩饰需合乎身份。

2. 两件式套装的穿法

两件式套装即无袖连衣裙加外套，这样能够凸显职业女性的端庄、大方，合乎商务场合的着装要求。如果下班后要去参加社交活动，可以把外套脱下来，配上相应的配饰，以此在宴会中可以恰当地展示女性的时尚与魅力。

3. 鞋子

鞋子可以选择中高跟的，皮鞋最适合搭配女士的职业套装。露出脚趾和脚后跟的凉鞋不适合商务场合，没有后帮的鞋子也只能在非商务场合穿着。

4. 袜子

穿职业套装时，女士最好穿丝袜，肉色的丝袜可以搭配任何服装。穿深色套装时也可以搭配黑丝袜，但切忌搭配渔网、暗花之类过于性感的丝袜。

任务书三

系领带训练。两人一组分组进行打领带实操练习。先练习互系领带，然后再练习自己系领带，熟练之后向全班同学展示。

结丝巾训练。两人一组分组进行结丝巾实操练习。先练习互结丝巾，然后再练习自己结丝巾，熟练之后向全班同学展示。

锦囊四 ○○。 **系领带的三种系法**

穿西装参加正式活动一定要系领带。领结应位于衬衣"V"字区中心，领结饱满，系正不歪。系领带的操作步骤：三分系结、七分整理。领带的三种系法如下。

1. 四手结（单结）

步骤一：先立起衬衫的领口，领带右短左长，一般右边的长度是从衬衫领口处的风景纽扣从上至下数的第四个纽扣处；步骤二：将领带从左向右绕一圈，从后方中间位置向前穿出来，然后拉紧，左手辅助；步骤三：整理，然后将领带拉向领口处，再整理，放下领子即可。

2. 半温莎结（十字结）

步骤一：同样先立起衬衫的领口，领带右短左长，一般右边的长度是从衬衫领口处的风景纽扣从上至下数的第四个纽扣处；步骤二：从左向右绕一圈，从左前方穿进去，又从左后方出来，拉紧，左手辅助；步骤三：再从左向右绕一圈，绕到后方中间位置向前穿出来，拉紧，左手辅助；步骤四：整理，然后，将领带拉向领口处，再整理，放下领子即可。

3. 温莎法（图 2-30）

步骤一：同样先立起衬衫的领口，领带右短左长，一般右边的长度是从衬衫领口处的风景纽扣从上至下数的第四个纽扣处；步骤二：从左向右绕到右后方，然后右进右出，拉紧，左手辅助；步骤三：从右后方绕到左前方，左进左出，拉紧，左手辅助；步骤四：再从左向右绕一圈，向后方中间位置向前穿出来，拉紧，左手辅助；步骤五：整理，然后，将领带拉向领口处，再整理，放下领子即可。

领带以长及皮带扣为宜。穿西装不一定非要用领带夹，如需要使用领带夹，应夹在第三到第四颗纽扣之间，穿好上装领带不外露。

图 2-30　温莎领带结法的步骤

锦囊五 ○○。 **丝巾的结法**

一条丝巾既可以让你拥有飘逸的优雅，也可以使心情也飞扬起来。下面介绍几种比较实用又简单的丝巾打法，以供参考（见图 2-31）。

1. 巴洛克式蝴蝶结

如果想让自己的颈部立刻成为别人注目的焦点，建议采用此种系法。

图 2-31 各种丝巾的结法

美丽的蝴蝶结更能衬托出女性美。蝴蝶结在造型上应用最为广泛，无论在颈间、领口或胸前都有不同的韵味。搭配白色两件套针织衫及长裙，自然垂下的蝴蝶结更显优雅气质。也可以搭配衬衫领，第一个扣子解开效果比较好。可用柔软的丝巾材质，更具立体感，让你更具飘逸灵动感。丝巾的两端要尽量等长地围在脖子上，这样两端的颜色可以对称，好像蝴蝶的彩色翅膀。巴洛克式蝴蝶结最好不要与方领、U 领搭配。

操作步骤如下。

① 将长丝巾对折；

② 再次对折，约 5cm 宽度；

③ 在胸前 V 领处打上蝴蝶结即可。

2. 百折花

最好选用质地富有张力的丝巾，可以保证系后的丝巾领结形状美丽。用带有镶边的丝巾更能突出此种系法所特有的富有层次的丝巾褶。搭配与花边颜色相近的长裙，更显娇柔甜美。搭配圆领时，可以将带有休闲风格的衣领演绎得更加华美。搭配套装最好选用尺寸稍大一些的丝巾，看起来感觉更加协调，使丝巾的两端垂在前面，增加丝巾褶的垂感。方巾折叠的宽度可根据颈部比例而定，太宽会导致整条丝巾失去平衡感。

操作步骤如下。

① 将方巾折成风琴状百褶长带围在颈上；

② 打两次活结，即成一个平结，或者也可以用别针把两端固定起来；

③ 将平结调至适当位置，整理成花朵形状。

3. 闪亮宝石结

V 字形造型使颈部线条显得十分纤细，丝质的面料有助于调整结眼的立体感。如项链般的宝石结点缀在脖颈，一颗颗"宝石"色泽饱满又立体，瞬间吸引眼球，顿时让整个人亮丽起来。要使线条规律地呈现出井然有序、兼具感性与理性的整体美，一定要注意左右两侧结的对称。此系法适合小圆领和 V 领，不宜配方领和衬衫领。

操作步骤如下。

① 将方巾往中心点对折再对折；

② 折成长条形状后，把丝巾绕在手指上，把长的一端从下往上穿出来打一个死结，使结刚好在长巾的中间位置，整理成宝石状；

③ 在两边再各打一个同样的结，形成三个宝石结，再将丝巾两端拉到颈后，以平结固定。

4. 帅气领带结

此种系法给人感觉严谨踏实，与式样传统的衬衫搭配，给人一种整齐、利落的感觉。丝巾领带上圆形和方块的组合打破白衬衫的沉闷单调，再加上合身长裤，给人专业干练的形象。如果搭配黑色窄裙，中性干练中也能带出一点女人韵味。将领结的位置系得稍向下一些，与低领衣服搭配在一起看起来会更加协调。如果是高领衣服，配上长裤与高跟鞋看上去清爽利落，适合于比较帅气的装束搭配。丝巾的左右平衡感决定了系后的效果。如果想让领带结整体上看起来稍微小巧一些的话，可以将丝巾两端的长度比例调整为2:1。

操作步骤如下。

① 将大方巾对角往中心点对折，再对折；

② 最后折成长条状围在脖子上，长的一端压住短的一端；

③ 从短的一端从左至右从下面绕过来包住长的一端，以形成一个结眼；

④ 再将长的一端从下面绕过脖颈正面的环，穿出来，调整长度即可。

5. 茉莉结

白色系是都市女性上班最常穿的色彩。几乎所有的上班族都能穿出这样的打扮，但要怎样才能比别人更出色呢？想要穿出优雅味道，脖子间的风情少不了，小小点缀就能成就一个清新派佳人，在办公室里散发淡淡茉莉香。利用美丽的丝巾结成花状系在颈侧、耳垂下方，效果会更好。

操作步骤：

① 将丝巾对折使两端重叠，然后扭转成麻花状；

② 围在脖子上，把丝巾两端分开；

③ 把丝巾的两端分别打结后，穿过另一头的环内；

④ 调整角度，将丝巾角展开成漂亮的形状。

 **锦囊六** 佩戴饰物的要求

1. 一般性要求

佩戴饰物首先要考虑性别要求，女士可以戴各种饰品，男士只适宜戴结婚戒指。佩戴首饰也应注意场合，在交际场合佩戴首饰是比较适宜的，但不要标新立异；上班应少戴或不戴饰物；运动和旅游时也不宜戴饰物。

2. 饰物意义

不同国家和地区，饰物的佩戴往往包含有各种不同含义。如戒指在左手无名指上，表示已订婚或结婚，戴在小指上则表示自己是一个独身主义者。

3. 工作的要求

在服务岗位上，除可戴手表（大的装饰表除外）外，一般不宜佩戴耳环、手镯、戒指、手链、项链、胸针等饰物。如服务员看上去珠光宝气，环佩叮当，往往会破坏服务员的服务形象，容易使客人产生不快。因此，在服务工作中服务员以不佩戴任何饰品为好。

【知识链接】

相关的饰物的选择和佩戴

1. 饰品佩戴的原则

①以少为佳；②同质同色；③符合习俗；④注意搭配；⑤注意场合；⑥适应身份；⑦扬长避短等。

2. 职业女性着装提示

职业女性在日常上班时不一定天天都套装，上衣可以用不同的颜色来搭配，也可以穿着大方的针织衫。

【行动巩固】

1. 查一查自己的服饰有哪些方面不够规范（见表2-2）。

表2-2 自我调查表

服饰部位	衬衫	领带	纽扣	口袋	袖长	西裤	裙子	皮带	鞋子	袜子
男西装										
女西装										
正式礼服										
随意礼服										
创意正式礼服										
半正式礼服										
饰品的佩戴										
颜色的搭配										

2. 在全班或教学部举行物流从业员服饰搭配大赛。

【行动评价】

( ) 技能训练任务 ( ) 评价表

项　　目		服饰选择 （20分）	服饰搭配 （20分）	整体效果 （20分）	现场展示 （20分）	团队协作 （20分）	个人总分 （100分）
师评(占50%)							
其他小组评	小组一评						
	小组二评						
	小组三评						
	小组四评						
	小组五评						
他组评平均分(占50%)							

第三模块　物流从业人员的语言礼仪

技能训练任务一　礼貌用语的训练

【行动目标】

礼貌用语是物流服务人员与客户沟通和交流的最重要的工作手段。礼貌服务用语使客户感到礼遇和受尊敬，伴随着主动、热情、耐心、周到的服务，既显示员工良好的素质，又反映出物流公司的档次与服务水平。

通过本次行动，你将会能够达到以下目标。

① 掌握日常的礼貌用语；

② 学会使用正确的礼貌用语与人交流。

【行动准备】

1. 角色分配（分组）

让不同的学生担任不同的角色。

2. 教具

课件、张贴板一块、油性笔若干支、板钉一批、书写卡片（不同形状若干）、模拟电话、模拟耳机、模拟电脑、模拟传真机、A4 纸若干张。

3. 学生课前准备

① 将相关行动锦囊阅读一遍。

② 上网或利用其他工具查找相关理论知识。

【行动过程】

第一步骤：教师下达任务（具体见任务书）。

第二步骤：小组讨论方案和分角色完成任务书中的内容。

第三步骤：小组成果展示。

每一组派代表向大家展示，展示内容如下。

① 接待客户的语言规范；

② 分角色扮演客户及客户服务代表处理具体业务。

第四步骤：教师总结。

① 教师对学生的行动进行点评。

② 对知识内容进行总结。

③ 引出相关的行动锦囊。

任务书

　　许诺到了新的工作岗位，上班的第一天他碰到了很多上司与新同事。请代入角色，如果你是许诺将如何使用礼貌用语与上司和同事交流。请分组设计情景，进行礼貌用语大比拼行动。

【行动锦囊】

锦囊一 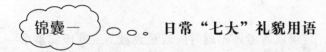 日常"七大"礼貌用语

1. 问候语，如何说"您好"

"您好"是向别人表示敬意的问候语和招呼语。在物流客户服务中，宾客光临、接听电话、为客人提供其他服务或遇到客人时，都应该主动向客说"您好"或"先生，您好"，然后再说其他服务用语，如"您好，先生，请问有什么帮助您呢？"注意不要颠倒顺序，同时还应伴以微笑和点头。"早上好"、"下午好"或"晚上好"，这些词语同样可以表达"您好"、"各位好"之意。恰当地使用"您好"能使客人感到温暖亲切。

2. 迎送语，如何说"再见"

一般指在服务岗位上迎来送往服务对象时使用的语言。通常物流行业服务人员使用的迎送语有"欢迎光临"、"再见"、"欢迎再来"、"请慢走"，同时还可以施以注目、点头、微笑、鞠躬等。

3. 请托语，如何说"请"

"请"本身就包括对他人的敬意，常常伴以相应的手势，可以单独使用，也可与其他词搭配使用。通常在请求别人做某事、表示对他人关切、表示谦让、要求对方不要做某事、希望得到别人谅解时都要"请"字当头。如请宾客人座，可边做手势边说"请坐"，在对方明白自己的手势含义时，只说一个"请"字。我们一次进行称呼时，可以遵循两条原则：一是由尊而卑，如通常是先长后幼，先女后男，先上后下，先疏后亲；二是由近到远原则，先对离自己近的进行称呼，然后依次向下称呼他人。

4. 致谢语，如何说"谢谢"

应用范围较广，既可以用于表示感谢，也可以表示感谢的应答，如"谢谢"的常用表达方式有"谢谢您的宝贵意见"、"谢谢您的称赞"、"谢谢您的帮助"、"谢谢您的关照！"、"不客气"、"这是我应该做的"等。

5. 征询语，如何说"请问，有什么可以帮到您吗？"

在服务过程中，物流行业服务人员往往需要以礼貌的语言向服务对象进行征询，此时采用的用语为征询语。在主动向服务对象提出帮助时，通常使用"您需要帮助吗？我可以为您做

点什么？您需要什么？"等。有时物流行业服务人员也可以用封闭式或选择式的语言进行征询，如"这一客服业务是最新推出的，您需要了解一下吗？"或者"您需要什么样的客服业务？"

6. 应答语，如何说"好的"

物流行业服务人员在岗位上回应服务对象的召唤或是答复询问时使用的语言。用语是否规范直接反映了服务态度、技巧和质量。通常肯定式应答有"好的"、"是"；谦恭式应答有"请不必客气"、"这是我们应该做的"、"过奖了"；谅解式应答有"不要紧"、"没有关系"。

7. 道歉语，如何说"对不起"

在工作中因为主客观原因导致差错、延误或者考虑不周时应诚恳致歉。致歉应实事求是，也应适度，让服务对象明白你内疚的心情和愿意把工作继续做好的愿望即可。

"对不起"的常用表达方式有"对不起，打扰您了"、"对不起，按公司规定，请出示单证"、"抱歉，您的提货还没到"、"对此表示歉意"等。

【知识链接】

> **聆听者六要素**
>
> S——微笑（Smile）
>
> O——聆听的姿势（Open Posture）
>
> F——身体前倾（Forward Lean）
>
> T——音调（Tone）
>
> E——目光交流（Eye Communication）
>
> N——点头（Nod）

【行动巩固】

学生分组设计以下片段并进行表演（情景反应：礼貌用语大比拼），要求至少运用七种礼貌用语。

① 物流储存业务中的客户服务中的礼貌用语。

② 物流运输业务中的客户服务中的礼貌用语。

③ 物流配送业务中的客户服务中的礼貌用语。

④ 流通加工业务中的客户服务中的礼貌用语。

【行动评价】

（   ）技能训练任务（   ）评价表

项 目		正确使用礼貌用语 （40分）	处理技巧 （20分）	整体表达 （20分）	团队协作 （20分）	总分 （100分）
师评(占50%)						
其他小组评	小组一评					
	小组二评					
	小组三评					
	小组四评					
	小组五评					
他组评平均分(占50%)						

技能训练任务二 称呼礼仪

【行动目标】

称呼是指商务人员在商务交往中，用以表示关系的名称，有时也被叫做称谓。在商务交往中，称呼的运用与对交往对象的态度有着直接的关系。

通过本行动的学习和训练，你将能够达到以下目标。

① 掌握性别性称呼的礼仪。

② 了解职称性称呼的礼仪。

③ 学会职务性称呼的礼仪。

④ 知道行业性称呼的礼仪。

【行动准备】

1. 角色分配（分组）

根据授课对象的具体情况让学生分别担任不同的角色。

2. 教具

课件、张贴板一块、油性笔若干支、板钉一批、书写卡片（不同颜色若干）。

3. 学生课前任务

① 将相关行动锦囊阅读一遍。

② 上网或利用其他工具查找相关理论知识。

【行动过程】

第一步骤：教师下达任务（具体见任务书）。

第二步骤：小组讨论方案和分角色完成任务书中的内容。

第三步骤：小组成果展示。

每一组派代表向大家展示，展示内容如下。

① 接待客户的称呼的规范。

② 分角色扮演客户及客户服务代表处理接待客户的业务。

第四步骤：教师总结。

① 教师对学生的行动进行点评。

② 对知识内容进行总结。

③ 引出相关的行动锦囊。

任务书

请将以下的每个词组分别制作成卡片，然后在小组内或班内对卡片进行抽签，每位同学按照词组的内容担任一个角色，相互演练在会面的场合应该如何称呼对方。

词组：先生、女士、教授、博士、老师、校长、副主任、总经理、董事长、医生、工程师、律师、处长、科长等。

【行动锦囊】

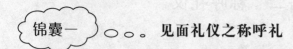

锦囊一 ○○。 **见面礼仪之称呼礼**

称呼是人与人交往时使用的称谓和呼语。对物流行业服务人员而言，称呼主要是指在服务过程当中对服务对象所采用的称谓语。称呼恰当与否反映一个人自身的教养，甚至还体现着双方关系所达到的程度。人际称呼本着礼貌、亲切、得体的原则，因此必须使用正确的称呼。一般来讲，在工作中会用到的称呼有以下几种。

1. 性别性称呼

对于从事商业、服务性行业的人，一般约定俗成地按性别的不同分别称呼"小姐"、"女士"或"先生"。"小姐"是称未婚女性，也有统称的泛化观象；"女士"是对已婚、未婚女性的通称；"夫人"是对已婚女性的称谓。

2. 职称性称呼

对于具有职称者，尤其是具有高级、中级职称者，在工作中直接以其职称相称。称职称时可以只称职称、如"教授"；也可在职称前加上姓氏，如"方教授"；或者在职称前加上姓名，如"方志强教授"，这适用于十分正式的场合。在职称中有副职的，称呼时应省去"副"字而直接称呼，如不称"张副教授"而直接称呼为"张教授"。

3. 职务性称呼

在工作岗位上，人们彼此之间的称呼足有特殊性的，要求庄重、正式、规范。以交往对象的职务相称，以示身份有别、敬意有加，是一种最常见的称呼方法。以职务相称，可以仅称职务，如董事长、经理、校长；也可以在职务之前加上姓氏，如"宋董事长"、"刘经理"、"金校长"；还可以在职务之前加上姓名，这仅适用于极其正式的场合，如"胡锦涛主席"、"温家宝总理"等。

4. 行业性称呼

在工作中，有时可按行业进行称呼。对于从事某些特定行业的人，可直接称呼对方的职业，如老师、医生、会计、律师等，也可以在职业前加上姓氏、姓名，如"张老师"、"李明医生"等。

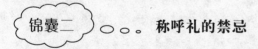

锦囊二 ○○。 **称呼礼的禁忌**

称呼既要遵循礼仪规范的原则，又要入乡随俗，照顾被称呼者的个人习惯。因此需要掌握各民族和国家的风俗习惯，合理理解和使用称呼。在商务交往中，使用称呼一定要回避以下几种错误的做法。

1. 使用错误的称呼

使用错误的称呼主要由于粗心大意，用心不专。如误读，一般表现为念错被称呼者的姓名。要避免犯此错误，就一定要做好先期准备，必要时要虚心请教；误称，主要指对被称呼者的年纪、辈分、婚否以及与其他人的关系做出了错误判断，比如将未婚妇女称为"夫人"就属于误会。

2. 使用过时的称呼

有些称呼，具有一定的时效性，一旦时过境迁，若再采用，难免贻笑大方。比方说，法国大革命时期人民彼此之间互称"公民"。在我国古代，对官员称为"老爷"、"大人"。若将它们全盘照搬进现代生活里来就会显得滑稽可笑，不伦不类。

3. 使用不通行的称呼

在正式场合，不使用地方性的或不通行的称呼。如北京人爱称他人为"师傅"，山东人爱称他人为"伙计"。但是，在南方人听来，"师傅"等于"出家人"，"伙计"肯定是"打工仔"。又如"小姐"是对年轻女性的通称，我国在很多服务业也用来称呼女服务员，但在海南等地方不宜这样称呼，要称呼"小妹"或"阿妹"；"爱人"是中国人用来称呼配偶的，而欧美国家的人则称呼自己的配偶为"情人"，将"爱人"理解为配偶以外的恋人。人际沟通和商务交往不可能只是在本地与人交往，而是会跨地域、跨省份、跨国界进行交往，所以要少用地方性称呼。

4. 使用不当的称呼

有的在正规场合称兄道弟，如"哥们"；有的地方性称呼是不尊重人的，如武汉人对进城做挑夫的民工称为"扁担"，对三轮车司机称为"麻木"。

5. 根本不用称呼

有的人在陌生城市问路："喂，地铁站口在哪儿？"这种问路的方式的结果会使别人不一定很热情，原因不是对方冷漠无礼貌，而是自己的表达和称呼有一定的问题。正确的问话方法是："先生，您好！请问地铁站在哪儿？"。

6. 引起他人误解的称呼

和他人打招呼，注意不要使用令人误解的称呼，如知道别人姓王，称呼时就不要说"你是老王吧（八）"或者"你是小王吧（八）"。别人若是姓刘，见面时不要上来就问"老刘忙（流氓）吗"或者"小刘忙（流氓）吧"。

7. 使用绰号称呼

不要随便称呼别人外号（或绰号），特别是在公共场所，否则是极不尊重他人的表现，尤其不可称呼他人弱点或生理性缺陷的外号。

【知识链接】

需要称呼多位服务对象

一般要由主至次依次进行。在需要区分主次进行称呼时，可遵循两条原则：一是由尊而卑的原则，如通常是先长后幼，先女后男，先上后下，先疏后亲；二是由近至远的原则，先对离自己近的进行称呼，然后依次向下称呼他人。

假如几位被称呼者一起前来，可以进行统一称呼，例如"各位来宾"、"先生们"等。

【行动巩固】

以小组为单位，模拟不同的场合对称呼礼仪进行实战演练。

【行动评价】

	( ) 技能训练任务 ( ) 评价表				
项 目	准确使用称谓 （50分）	处理技巧 （20分）	整体表达 （20分）	静心聆听 （10分）	总分 （100分）
其他组员评 组员一评					
其他组员评 组员二评					
其他组员评 组员三评					
其他组员评 组员四评					
其他组员评 组员五评					
平均分					

技能训练任务三　通联礼仪

【行动目标】

物流行业服务人员经常会利用通信设备和客户进行交谈，如常用的有电话、手机等。利用通信设备进行服务或工作时，影响通话效果的往往是服务人员的声音、态度和措辞。因此，物流行业服务人员必须高度重视通信用语和礼仪，在运用通信设备进行服务时应符合服务礼仪的规范要求，做到彬彬有礼、用语得体、声音自然亲切，这样既可以创造友好氛围，又可给公众留下良好的印象。

通过本行动的学习和训练，你将能够达到以下目标。

① 电话用语礼仪规范。

② 手机用语礼仪规范。

③ 电子邮件通信礼仪规范。

④ 传真通信礼仪规范。

【行动准备】

1. 角色分配（分组）

根据授课对象的具体情况让不同的学生担任不同的角色。

2. 教具

课件、张贴板一块、油性笔若干支、板钉一批、书写卡片（不同颜色若干）、电话机、手机、电子邮箱、传真机等。

3. 学生课前任务

（1）将相关行动锦囊阅读一遍。

（2）上网或利用其他工具查找相关理论知识。

【行动过程】

第一步骤：教师下达任务（具体见任务书）。

第二步骤：小组讨论方案和分角色完成任务书中的内容。

第三步骤：小组成果展示。

每一组派代表向大家展示，展示内容如下。

（1）电话用语和礼仪规范；

（2）分角色扮演客户及客户服务代表处理具体业务。

第四步骤：教师总结。

（1）教师对学生的行动进行点评。

（2）对知识内容进行总结。

（3）引出相关的行动锦囊。

任务书一

商贸集团公司陈经理有一票从美国进口到中国的货物在中国海关扣关，报关员许诺为此联系客户陈经理，以协助客户办理清关手续。许诺拨通运单上提供的客户电话，接电话的是商贸集团的前台李小姐。请分角色扮演在该情景中如何正确使用电话礼仪进行交流。

【行动锦囊】

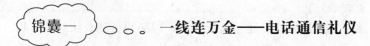

锦囊一 ○○。 一线连万金——电话通信礼仪

1. 完美的态度是电话通信成功的第一步

在客户传递的信息当中只有 7％是经由文字形式传达，另外的 38％是说话语气，而有55％的信息是经由肢体语言所传达的。声音是传递文字和说话气的载体，电话通信主要是依赖声音来完成的，声音能够传递态度和热忱，它的整个影响比例占到了传播信息的45％。可见，改变服务人员的声音对于成功通话来说是至关重要的，它是建立信赖感的依托所在。

2. 有效接听电话的三个技巧

（1）接电话的姿势要正确。要坐在椅子的前半部分，这样可以使姿势端正，也可使声音更有力、清晰。同时要左手拿听筒，右手准备备忘录，如此一来，电话交谈的内容自然而然地就被记录下来。

（2）电话旁一定要先备妥备忘录。一般来讲，拨电话前做好备忘录，把话内容依"5W、1H"进行准备，使通话条理清楚。接电话时也要备妥备忘录，要记录对方的讲话内容，同时确认对方的"5W、1H"，以免内容有所有遗漏或接听一大堆废话，从而通过电话迅速真实地得到周全的资料。

"5W、1H"

◆ when（什么时候）
◆ who（对象是谁）
◆ where（在什么地点）
◆ what（什么事）
◆ why（为什么）
◆ how（如何进行）

有效打电话的六个要素

① 准备好电话脚本。
② 自报家门，寻找接听人和"话事人"。
③ 微笑着说话，叙述正题。
④ 时间掌控不要超过三分钟，如商谈的事较多，可事先知会对方。
⑤ 信守对通话方所做出的承诺。
⑥ 如果不小心切断电话，应立即回拨电话，让客户记住你。

任务书二

　　许诺在为陈经理处理扣关件的过程中，需要通过电子邮件、传真和信函等方式进行信息和资料的交涉。在这个业务过程中许诺应注意哪些通联礼仪？请你为他提供参考意见。

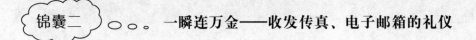

锦囊二 ○○。 **一瞬连万金——收发传真、电子邮箱的礼仪**

1. 传真通信的礼仪

　　传真在远程通信上可取代邮递，它传达的信息远远大于电话，但必须做到合法使用、得法使用、依礼使用。

　　（1）合法使用。任何单位或个人在使用自备的传真设备时，均须严格按照电信部门的有关要求，认真履行必要的便用手续，否则即为非法之举。

　　（2）得法使用。使用传真设备时，必须在具体操作上力求标准、规范，并以提高清晰度为要旨。与此同时，要注意使其内容简明扼要，以节省费用、提高效率。

2. 传真机的使用

　　（1）传真首页。注意传真首页，检查并落实所有必要的信息，应该在传真首页上注明传送者和接收者双方的单位名称、人员姓名、日期、总页数等。

　　（2）传真信件。传真信件的时候必须像写信一样有礼貌，必要的称呼、问候语、签字、敬语、致谢语等均不可缺少。尤其是信尾的签字常常被忽略，这是不太礼貌的，因为签字代表这封信是传送者知情并且同意才发出的，不是别人冒名发送的。

　　（3）公章的使用。传真盖有公章的文字材料时，必须要把章盖得清晰，颜色要鲜艳，这样传真过去之后才可以看清楚。

　　（4）规范传真用纸。最规范的传真用纸是 A4 白色纸。不要用其他颜色的纸，否则会显得既不规范又会延长传真机扫描的时间，而且发过去后也会影响传真效果。

　　（5）确认传真。在发送传真前，确认致电收件人；在发送完毕后，再电话确认是否已收到，文字是否清晰。

（6）注意字号。传真的材料应该比普通打印的文件字体大一点，以保证传真过去的文字清晰，方便阅读。

（7）注意语言。发送传真时语言要礼貌，不要生硬，比如不能说："给个信号，我要发传真。"在发送传真时，一般不可缺少必要的问候语与致谢语。

（8）注意时间。收到他人的传真后，应当在第一时间采用适当的方式告知对方，以免对方惦念不已。需要办理或转交、转送他人发来的传真时，千万不可拖延时间，以免耽误对方的要事。

3. 电子邮箱的礼仪

随着因特网和电子邮件在商务领域中的普及应用，电子邮件通信礼仪已经成为礼仪的一部分。电子邮件与电话交流、面对面交流不同，收件人阅读邮件时，发送邮件的一方无法得知对方的反应；单击"发送"按钮之后，也无法调整已发送的邮件内容，因此需要保证邮件内容的正确，否则就有可能会影响到与客户的关系。

（1）认真撰写电子邮件

① 态度要尊敬。当与不认识或不熟悉的人通信时，应使用正式的语气、适当的称呼和敬语。

② 主题要明确。使用简单易懂的主题，以准确传达电子邮件的要点。

③ 语言要流畅。电子邮件要便于阅读，就要力求语言流畅、措辞正确，尽量不写生僻字、异体字。引用数据、资料时最好标明出处，以便收件人核对。避免幽默、随意或俚语等易被人误解的表达。

④ 内容要简洁。工作的时间是极为宝贵的，邮件内容要明扼要，超出 500 字以上最好使用附件发送。

（2）避免滥用电子邮件。在信息社会中，任何人的时间都是无比珍贵的。常言："在工作交往中要尊重一个人，首先就要懂得替他节省时间。"有鉴于此，若无必要不要轻易向他人乱发电子邮件，尤其是不要用电子邮件与他人谈天说地，或只是为了检验一下自己的电子邮件能否成功发出等。目前，有不少职业人员时常会因为自己的电子信箱中堆满了无聊的电子邮件，甚至是陌生人的电子邮件而烦心不已。对其进行处理不仅会浪费时间和精力，而且还有可能会耽搁正事。

（3）慎选电子邮件功能。现在市场上所提供的先进的电子邮件软件有多种字体备用，甚至还有各种信纸可供使用者选择，这固然可以强化电子邮件的个人特色，但是此类功能是必须慎用的。这主要是因为，一方面如果对电子邮件修饰过多，难免会使其容量增大，收发时间增长，既浪费时间又浪费钱，而且会给人以华而不实之感；另一方面，电子邮件的收件人所拥有的软件不一定能够支持上述功能，这样对方所收到的电子邮件就很有可能会大大地背离发件人的初衷，致使前功尽弃。

（4）降低传播病毒的风险。一般来说，最好发送纯文本的电子邮件，并且事先未经许可不发送带附件的电子邮件。此外，还要保证杀毒软件的及时更新。

（5）提供完整的联系人信息。使用具有完整联系人信息的电子邮件名或电子名片，包括电话号码和公司名称。在发送之前进行拼写检查并通读邮件，以避免存在语法错误或其他问题。

（6）提前通知收件人。尽量在发送邮件以前得到对方的允许，或者至少让对方知道有邮件发送过去，以确认邮件对对方确有价值。

（7）及时确认收到邮件。收到合法发件人（非垃圾邮件发件人）的电子邮件时，即使无法立即提供一个完整的答复，也务必在 4 小时内向发件人确认收到邮件。如果需要外出 24 小时以上，则需使用自动回复功能。

（8）忌发私人或者机密邮件。网络办公时所撰写的必须是公务邮件，不可将单位邮箱用于私人联系，不得将本单位邮箱的地址告诉亲朋好友。要保守机密，不可发送涉及单位或客户机密内容的邮件，不得将本单位邮箱密码转告他人。

（9）小心使用附件功能。附件越大，下载的时间就越长，占用收件人的电脑空间就越多。

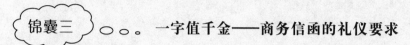

锦囊三 ○○。 一字值千金——商务信函的礼仪要求

商务书信对于接收方可以作为凭据促使经济人和经济主体信守商务承诺，保证经济活动的正常进行。一旦遇到经济纠纷，它还具有举证的法律功能，可以作为其他电子商务无法取代的文字凭据。

1. 商务信函的礼仪

商务信函的礼仪要求有以下几点。
① 口语化。
② 语气语调。
③ 简明扼要。
④ 礼貌。

2. 商务书信须知

① 忌乱折叠商务信函，否则会被对方认为不尊重。
② 忌模糊潦草，不易辨认。英文信函最好打印出来，以易于辨认。
③ 如果有附件，一定要注明共有几个附件，以便对方查询。

3. 注意事项

写信之后一定要检查，首先确保书写和语法的正确，然后再检查一下自己提供的事实、数据是否准确，因为信函的极小失误都可能破坏自己的可信度，使人对信息产生怀疑。有些错误在荧屏上容易被忽略，所以如果用电脑书写，一定要打印出一份草稿用来审校。审校时应大声念读，要设身处地替接信人考虑，用词是否得体，表达是否清楚。

【知识链接】

> **接听电话时要做到有效的聆听**
> - 充满耐心
> - 善用停顿的技巧
> - 运用插入语
> - 不要臆测客户的谈话
> - 听其词，会其意
> - 不要匆忙下结论
> - 提问

【行动巩固】

1. 以下的电话礼仪用语是错误的，请你进行纠正。

错误的表达	正确的表达	错误的表达	正确的表达
你找谁？		喂！	
有什么事？		不行了！	
你是谁？		我告诉你。	
不知道		我反对！	
我问过了，他不在！		没这个人！	
你等一下，我要接个别的电话		今天没办法。	
干什么？		不对！	
我听不懂了！		不对！	
不行就不行！		规定就是这样！	

2. 在下列场合中，应该关闭手机的打"×"，应该把手机调整为静音或振动的打"○"，基本没有限制、只需稍加注意的打"√"。

音乐会	股东年会	开幕式主席台	加油站	飞机飞行途中
行驶在火车上	参观画展	学校课堂上	重病房	公司办公室

【行动评价】

（　　）技能训练任务（　　）评价表

项　目		电话礼仪 （30分）	书信礼仪 （30分）	网络礼仪 （30分）	整体表达 （10分）	总分 （100分）
师评（占50%）						
其他小组评	小组一评					
	小组二评					
	小组三评					
	小组四评					
	小组五评					
他组评平均分（占50%）						
小组成员对个人评级：A（　） B（　） C（　） D（　）						
A. 优秀（系数：1）；B. 良好（系数：0.9）；C. 一般（系数：0.7）；D. 合格（系数：0.6）						
计算公式：个人得分＝（师评总分×50%＋他组评平均分×50%）×级别系数						

第四模块 物流从业人员求职面试礼仪

技能训练任务一 求职面试前的准备

【行动目标】

求职面试是我们进入物流行业职场的第一道门。要想成功跨过这道门，找到称心如意的工作，那就要从自我定位、应聘信息、求职心态等方面做好求职面试前的准备。所谓知己知彼，才能在激烈的求职战场上迈出成功的第一步。

通过本行动的学习和训练，我们将能够达到以下目标。

① 学会自我定位。

② 掌握收集应聘相关信息的方法。

③ 了解面试前要准备的相关材料。

④ 学会面试前的心理准备。

⑤ 掌握求职面试的仪容、仪表（着装）的要求。

【行动准备】

1. 分组

将学生分成 4～6 人一组，每组一名组长。

2. 教学环境和用具

多媒体课室、电子课件、书写卡纸若干张、男女生职业套装各一套、张贴板。

3. 学生课前任务

① 将书本上的相关的锦囊阅读一遍。

② 上网查找自己需要的资料。

【行动过程】

第一步骤：教师下达任务（具体见任务书）。

第二步骤：小组讨论和完成任务书中的内容。

第三步骤：小组成果展示。

每一组派一名代表将小组讨论的结果向大家展示，展示内容如下。

① 将讨论的成果（书写卡片）张贴在张贴板上或做成 PPT 形式。

② 对内容进行讲解和分析。

第四步骤：教师总结。

① 教师对学生的行动进行点评。

② 对知识内容进行总结。

③ 引出相关的行动锦囊。

任务书

　　许诺是物流专业的毕业生，下星期学校将会举行一场大型的招聘会。他很重视这次招聘会，但是他自己犯愁了，因为他不了解自己的优势和不足在哪里，在物流公司的众多职位中，究竟哪一种工作岗位最合适自己，进入了这个重要的求职面试阶段自己应该做好哪些准备去迎接未来的挑战，比如面试材料、心理、仪容仪表。

　　请以小组为单位，为许诺出谋划策。

【行动锦囊】

 锦囊一 **自我定位**

　　求职之前，我们对自己的现状要认识清楚。在客观把握自身条件的前提下，根据一定的标准确定出最适合本人的职业和职位，也就是自我定位。没有恰当的自我定位，求职时便会像"无头的苍蝇"一样盲目乱撞。那么，如何进行自我定位呢？

1. 明确自身优势

　　首先是进行自我分析，明确自己的优势和劣势。通过对自己全面、客观的分析，并且根据过去的经验选择、推断未来可能的物流行业具体职业。你的优势，即你所拥有的能力与潜力。

　　（1）我学到了什么。比如，在学习期间，从物流专业中获取的收益；在参加社会实践活动期间，哪方面的知识得到提高和升华。因此尽自己最大努力学好专业课程是物流生涯规划的前提条件之一。

　　（2）我曾经做过什么。即已有的人生经历和体验，如担当过学生干部，获得过奖励荣誉，在某物流公司或单位实习等社会实践活动等。经历往往从侧面可以反映出一个人的素质、潜力状况，因而备受招聘组织，尤其是物流企业的关注。这也是自我简历的亮点和重要组成部分。

　　（3）我最成功的是什么。在做过的很多事情中最成功的是什么？成功的原因是什么？通过对最成功事例的分析，可以发现自我优越的一面，在增强自信的同时也可以帮助确定职业方向。

2. 发现自己的不足

　　（1）性格的弱点。"人无完人"，因此必须正视弱点并尽量减少其对自己的影响，如一个好高骛远的人难以在物流行业中从基层做起。因此要与身边的人交谈，了解别人眼中的你，找出与你预想中的偏差，这将有助于自我提高。

　　（2）经验欠缺。由于经历的不同，环境的局限，一些物流实践经验的欠缺无法避免。有欠缺并不可怕，怕的是自己还没有认识到或认识到欠缺仍一味不懂装懂。正确的态度是谦虚认真对待，努力克服和提高。

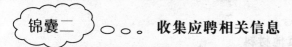 锦囊二 **收集应聘相关信息**

　　知己知彼才能百战百胜。在求职面试前首先要做好准备的功课，多方查阅应聘的物流企

业（单位）和目标职位的信息和资料。面试时如果能对应聘企业了如指掌，表现的不仅是你的诚意和热情，更是对待工作的主动性和积极性，使你在求职面试中达到事半功倍的效果。

1. 搜索应聘单位信息

通过各种途径，了解清楚招聘单位的性质和背景，业务范围、企业文化（包括口号和形象）、以往业绩、发展前景。招聘单位是国有还是私营企业？一般物流公司的业务范围包括商品的运输、配送、仓储、包装、搬运装卸、流通加工，以及相关的物流信息等环节。另外，对招聘单位的内部组织架构、员工福利、一般起薪等也应有所了解。掌握了以上信息，才能在面试中表现出对应聘单位的重视程度，赢得面试官的好感。相反，那些对应聘单位一无所知的应聘者通常难以获得录用的机会。

2. 搜索应聘职位信息

除了要了解公司单位的基本情况外，对应聘岗位职责及所需的专业知识和技能等要有一个全面的了解。我们才能在面试中进行有效的自我推销，证明自己能够胜任这一工作岗位，让面试官信服你的专业能力。适合毕业生求职者的主要物流职位有：仓库管理、业务操作、物流营销、客户服务等。我们应该从以下几方面搜集相关职位信息：聘用的要求包括学历、年龄、经验、品质、心理素质，工作内容、工作的稳定性、职业发展前景等。

以上信息如何获取？一方面可以向父母、亲戚朋友或同学打听；另一方面也可以向在该用人单位工作的熟人咨询，还可以通过电话、广告、杂志、企业名录或者到网络上查找相关信息。

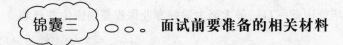

锦囊三 ○○。 **面试前要准备的相关材料**

求职面试时，需要通过具体的材料推荐自己，介绍在校内外学习实践的情况或其他情况，让用人单位了解自己。因此，在面试前做好自荐材料十分重要。自荐材料一般包括以下几项内容。

1. 个人简历、求职信、推荐书、毕业（就业）推荐表等

个人简历更概括了求职者的全面情况，是求职面试的必备材料。求职信和推荐书在一定程度上直接或间接地表现了求职者的个人能力和素质。

2. 学习成绩及社会实践材料

包括学习成绩单、英语和计算机等级证书、各种社会实践活动的证明或评价材料等。

3. 荣誉证书

如优秀学生干部、优秀团干部、三好学生、优秀毕业生等证书，以及各种技能竞赛、活动的证书等。

4. 证明自己具备某方面素质或能力的其他材料

如技能鉴定证书（物流员证、叉车驾驶证）、汽车驾照、在报纸、杂志上发表的文章、论文、出版的专著等。

锦囊四 ○○。 面试前的心理准备

求职面试是否获得成功，具备良好的心态是非常重要的。具备了良好心态求职者就会在求职时正视现实、把握机遇，奋力拼搏；在面试时精神饱满、镇定自若、对答如流，从而为成功应聘打下良好的基础。

1. 充足自信的心态

自信是求职面试前必备的心理素质，是面试成功的关键。常言道："天生我材必有用"。只有相信自己的能力和水平，才会热情、努力地投身工作，才能在困难和挫折面前表现出坚定的态度，赢得用人单位的赏识和信任。

2. 积极进取的竞争心态

拥有积极进取心态的求职者懂得珍惜每次面试机会，并把这种机会看成是新的成功在向你招手。于是面试前认真做准备，在面试时就可望有正常或超常的发挥。求职的过程就是寻找机会的过程，若求职者不去捕捉定会失去良机。机会偏爱具有竞争心理、表现意识的人，对于物流毕业生，要想在就业竞争中取胜就必须克服自卑、怯懦、优柔寡断、自视过高、好高骛远等心理障碍和不良的心态，鼓起勇气，敢于竞争，以挑战者的姿态去面对求职面试。

3. 双向选择的心态

求职面试时，求职者的命运其实还是掌握在自己手上，并不是操控在物流企业或单位手里。诚然，在用人单位看来，求职者是在接受审查以确定各方面条件是否符合招聘的要求。但从求职者的角度来看，用人单位和面试官同时也在接受着求职者审查，看看他们提供的条件是否具有吸引力。抱着这种心态，求职者就能用一种不卑不亢的态度来对待面试，沉着、稳健地应对面试官的各种考验。

锦囊五 ○○。 面试前的仪容仪表准备

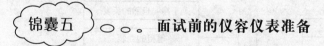

求职者的仪容必须修饰干净、整齐，给人以干练、清爽的良好形象。尤其对于女性求职者，最好能化淡妆，这样不仅能美化自己增加自信，也是尊重他人的表现，但切不可浓妆艳抹。

1. 嘴唇

嘴唇是脸部最富色彩，最吸引人的部分。嘴唇应显得有润泽感。对女生来说唇线不可画得太深，否则会显得虚假。年轻女生宜用粉色口红，应避免大红或橙红，过于刺目会使面试官唯恐避之不及。

2. 眼睛

眼睛是心灵的窗户，为了使眼睛在面试时能动人传神，面试之前就应稍加修饰。比如女士可以描一描眉毛，使之更加妩媚。眼睛小的，可以在眼睛四周轻轻地描上眼圈，但不能描

得太黑太深，不要露出修饰的痕迹。

3. 鼻子

可以在鼻梁上略施淡粉，面试时如果灯光太亮会使鼻子出油发亮，如果天气太热鼻梁也容易出汗。有粉刺鼻、酒糟鼻和鼻炎者最好提前诊治，以免妨碍面谈的效果。平常鼻毛长的人，面试前要格外注意修剪。另外，鼻端上或眼角里不要留有污秽积物。

4. 香水

选择香水要与自身的气质相配，香味宜淡，闻上去要给人以舒畅的感觉。

5. 手和指甲

女人的手通常是其气质外观的一个方面。为充分显示其魅力，应保持干净，指甲应修剪好，不要留长指甲，不要涂艳丽的指甲油。

6. 身上的怪味应清除

求职面试时，如果身上散发出汗臭味、腋臭味、烟味等怪味，会令面试官产生厌恶，严重影响面试效果。

7. 衣着服饰得体

对于求职者而言，其服饰除了要符合一般社交场合服饰的共同要求外，更要注重和突出服饰的职业特点，使着装打扮与应聘的职业相称，给人一种鲜明的职业形象。如拟应聘的职业是物流跟单业务员、仓储管理员、叉车驾驶员等物流岗位，打扮就不能过分华丽、过分时髦，而应该选择朴实、大方的着装，以显示出稳重、严谨的职业形象；如果拟应聘的职业是导游、公关、服务等岗位，就可以选择华美、时髦的着装，以表现活泼、热情的职业特点。

在物流业职场中，着装以整洁美观、稳重大方、协调高雅为总原则。服饰色彩、款式、大小应与自身的年龄、气质、肤色、体态、发型和物流职位相协调。以下是服饰选择的原则。

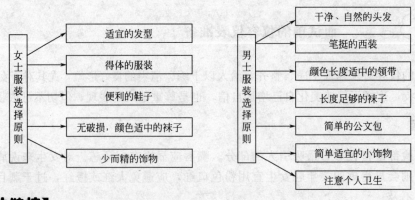

【行动链接】

1. 研究自己

面试者对申请的职位要有足够的了解，了解了职位后就要问自己：①待聘的工作职位合适自己吗？②应当如何给职业定位？③对这个职位有兴趣吗？④自己参与竞争的优势和劣势是什么？

2. 研究面试官

面试是应聘者与面试官直接接触、当面回答的场面。研究好面试官，面试时就可冷静、平常对待，消除紧张情绪，流畅应答。

3. 研究企业的相关材料

具体包括总公司所正在地、规模、架构、背景、经营模式、目前的发展状况和未来的发展规划等。

【行动巩固】

活动：招聘会面试前的准备。

活动要求：（1）结合自身的实际情况，写一份自我定位的说明书。

（2）寻找合适的物流企业，并拟写一份企业和职位信息概况书。

（3）准备好面试的着装，整理好仪容仪表，并用相机拍下相关的照片。

【行动评价】

（   ）技能训练任务（   ）评价表

项　　目		自我定位（20分）	企业信息（20分）	仪容仪表（20分）	整体表达（20分）	团队协作（20分）	总分（100分）
师评(占50%)							
其他小组评	小组一评						
	小组二评						
	小组三评						
	小组四评						
	小组五评						
他组评平均分(占50%)							
小组成员对个人评级:A(　) B(　) C(　) D(　) A. 优秀(系数:1);B. 良好(系数:0.9);C. 一般(系数:0.7);D. 合格(系数:0.6) 计算公式:个人得分＝(师评总分×50%＋他组评平均分×50%)×级别系数							

技能训练任务二　求职信及简历的制作

【行动目标】

求职面试的过程中，物流求职者还需做好物质方面的准备，即求职资料的准备。求职信和简历是物流毕业生求职面试的两大求职"法宝"，是物流单位初步了解求职者的重要途径。因此我们必须打磨好这些求职面试的敲门砖。

通过本行动的学习和训练，我们将能够达到以下目标。

① 熟悉编写求职信的方法。

② 掌握制作简历的方法和技巧。

③ 了解附加资料的准备。

【行动准备】

1. 分组

将学生分成 4～6 人一组，每组一名组长。

2. 教学环境和用具

多媒体课室、电子课件、书写卡纸若干张、求职信样本、简历样本、张贴板。

3. 学生课前任务

① 将书本上的相关的锦囊阅读一遍。

② 上网查找自己需要的资料。

【行动过程】

第一步骤：教师下达任务（具体见任务书）。

第二步骤：小组讨论和完成任务书中的内容（编写求职信、制作简历的方法和技巧、附加资料的准备）。

第三步骤：小组成果展示。

每一组派一名代表将小组讨论的结果向大家展示，展示内容如下。

① 将讨论的成果（书写卡片）张贴在张贴板上或做成 PPT 形式。

② 对内容进行讲解和分析。

第四步骤：教师总结。

① 教师对学生的行动进行点评。

② 对知识内容进行总结。

③ 引出相关的行动锦囊。

任务书

　　许诺是物流专业的毕业生，在即将举行的学校大型招聘会上，他希望能够寻找到合适的物流公司，争取一份仓库管理员的面试机会。为了这一目标，他需要准备哪些求职资料才能在招聘会中为自己赢得求职面试机会呢？将来的你也会像许诺一样步入求职舞台，请你为自己设计一份简历及一封求职信。

【行动锦囊】

锦囊一　　　**如何写求职信**

求职信是有目的地针对不同用人单位的一种书面自我介绍。它与简历享有同等重要的地位，是一个自我推销的活广告，因此一份得体的求职信能为物流求职者创造良好的第一印象。

1. 求职信的基本内容

求职信与一般信件在基本结构方面是一致的，通常由标题、称谓、开头、正文、结尾、署名、日期、附件等部分构成。

（1）标题。标题是求职信的眉目，居中写明"求职信"。

（2）称谓。写给物流企业和单位的人事部门或直接写给相关负责人，注意称谓要做到礼貌、得体。对单位明确的可直接写明名称，如"尊敬的××公司人事部"。在企业或单位不确定的情况下，称谓可写"尊敬的××公司人事部领导"、"尊敬的总经理先生"等。

（3）开头语。先写问候语"您好"，表示礼貌、尊敬。然后再写求职人的自我简介或用人信息的获得渠道，如"我叫×××，是××职业学校××级物流专业的应届毕业生"。开头语表述应简洁明确、干脆利落，不宜过多过长。

（4）正文。正文是求职信的核心部分。首先详细介绍自己在物流专业的优势，充分展示自己在物流专业方面的突出成绩，使自己在众多应聘者中出类拔萃。其次介绍自己的工作能力及爱好特长，比如物流岗位求职者介绍自己在校期间担任的学生职务，在各类活动中的组织能力、沟通能力、团队合作意识等。个人的性格、兴趣、爱好及特长也是竞争的优势。再次，如果用人单位明确，可以谈谈对企业的认识、了解，表达迫切要求工作的愿望及录用后的打算。撰写这部分时，要力求简明，注意扬长避短，突出自己的优势与长处。

（5）结尾。再次表达求职的愿望，希望获得机遇，起到打动对方的作用，如"热切地盼望着贵公司给予答复"等。也可写礼貌用语"此致""敬礼"。

（6）署名、日期。署上求职者的姓名、日期。

（7）附件。这也是求职信的重要组成部分，它是求职信以外的其他材料。学历证书、成绩单、获奖证书、技能证书、论文等复印件。

2. 写求职信应注意的问题

（1）书写规范，篇幅简短。写求职信时，第一要旨就是书写必须规范。书写规范一是要求字迹清晰，二是要求内容正确，三是要求格式标准，四是要求通篇整洁。书写达不到要求就使用电子版打印的方式。为便于用人单位阅读，在一般情况下一封求职信在字数上应以500字为限，并且最好控制在一页之内，最多不超过两页。篇幅过长，阅读者容易感到烦躁。若确实内容较多的话，可作为附件或留作面谈时再说。另外句子要短，并且多分段，以便于阅读。

（2）突出重点、真实客观。求职信要突出那些能引起对方兴趣、有助于获得工作的内容。主要包括专业知识、工作经验、特长和个性特点等。

① 简单介绍知识和学历，重点突出工作经验和能力。用人单位更重视的是经验和实际能力，尤其是物流行业更加注重工作经验。

② 对于工作经验和资历尚浅的毕业生，只要有对做好应聘物流工作相关的事情或活动经验，如与人相处或管理人的经验、假期社会实践活动的经验等也是值得一提的。

③ 介绍特长时，也要求真实、具体，避免高谈阔论。最好让事实来说话，如设计过什么、有何发明、获过什么奖等，避免类似"有很高的组织能力"的语言。附上一些支持材料会大大增加可信度和说服力。

 简历的制作

简历和求职信一样，都是求职的重要文件。求职信容量有限，只求引起对方的兴趣，想要进一步在书面上反映自己的情况就要借助于简历。一份简历就是人才市场中人才产品的广告和说明书，要真实而充分地表现出求职者的价值，把应聘者的形象和其他竞争者区分开来。

1. 简历主要内容和要求

（1）简历封面。考虑本人专业及毕业学校情况，视觉效果应与简历模板有一定协调性，构思精巧、简洁明快、色彩协调，能吸引物流单位的眼球。

（2）个人基本资料。主要指姓名、性别、出生年月、电话、联系地址、邮政编码等重要信息。它们一般书写在简历最前面，另外视物流企业性质和岗位要求也可加上政治面貌、身高、视力等。

（3）学历。用人单位主要通过学历情况来了解应聘者的智力及专业能力水平，所以学历一般应写在靠前位置。用人单位更重视的是现在的学历，所以最好从现在开始往回写，写到中学即可。书写学历的目的是展示专业特长，故学校名称后要加上物流的专业名称，主辅修课程能与应聘的职位密切相关。学习成绩优秀，获得奖学金或其他荣誉称号是学生生活中的闪光点，也应适当列出。

（4）社会实习和专业实习。社会、专业实习增加了阅历，积累了工作经验，应尽可能写详细，并可强调对实习单位做出的实质贡献，以及自身的工作收获和评价。

（5）社会、课外活动和勤工俭学经历。学生干部和具备一定实际工作能力、管理能力的毕业生颇受物流单位青睐。在这些社会活动中，一个人的责任心、协调能力、社交能力、人格修养及专业能力得以充分展示。所以对于社会经历尚浅的毕业生来说，社会实践活动和课外活动是应聘时一个相当重要的内容，书写的内容可包括职务、职责以及业绩。勤工助学的经历可显示你的意志，并给人留下能吃苦、勤奋、负责、积极的好印象，这在物流用人单位中也是很突出的优势。书写内容可以包括在何处、担任什么工作、从中完成什么或得到什么经验等。

（6）特长。特长是指自己拥有的技能，特别是指中文写作、外语及计算机能力。如果通过国家等级考试，应一一罗列出来。

（7）兴趣爱好与性格。如果社会工作经历较少，为能表现个性可加写兴趣以展示一个人的品德、修养或社交能力及与人合作的精神。最好写一些你有所研究并具有个性的爱好。

2. 写简历应注意的问题

一份能吸引面试官注意力的简历能创造面试的机会及增加录取的机率，所以必须兼备简洁、有序、有个性且不失重点等特色，千万不可失于繁琐冗杂，因此写简历要注意以下六个问题。

（1）言简意赅。简历应在重点突出、内容完整的前提下，尽可能简明扼要，简历最好控制在一张 A4 纸内。多用短句、每段只表达一个意思。

（2）用事实说话。在写求职简历时，要善于让事实说话，用充分的事实来征服用人单位。如"成绩优异"不如写成"所有科目的成绩都在 90 分以上"或"每学期都获得'三好

生'"等；"组织管理能力强"不如写担任了哪些职务，取得了哪些成绩，这些内容更具体、更令人信服。

（3）突出工作经验和成就。过去的经验和成就是求职者能力的最有力证据。物流企业最看重的就是求职者的相关经验，因此可以列举证明实习工作的成绩，包括为公司（组织）节约了多少钱，多少时间等。

（4）强调技能。列出所有与求职有关的技能，回顾以往取得的成绩，对自己从中获得的体会与经验加以总结、归纳。是否填写标准只有一个，即这一项能否给你的求职带来帮助。当然也可以附加一些成绩与经历的叙述，但必须牢记，经历本身不具说服力，关键是经历中体现出的能力。

（5）多用专业词汇和真实数字。用专业术语和真实数字进行文字包装。在保证真实的情况下，尽可能用专业词汇来表达，这样可以反映专业素质。同时，具体数字的使用会让整个简历变得更具有说服力，这远远比那些只用了"很多、大量"等含糊语言更能够吸引招聘主管。

（6）认真审核校对。简历写完以后，不要匆忙打印送出，要按下面的标准再次进行审查：简历是否充分反映了自己的优点和特长？是否真实地反映了自己的形象？假如你是招聘者，你是否愿意录用此人？是否诚实、简洁、清晰，重点突出？如果得出的答案都是否定的或部分是否定的，那最好重写或修改，直至自己满意为止。

一份简历绝不可能描述自己的全部，因此最好针对不同的工作岗位制作相应的简历，并将适合不同工作的履历材料存档备用，当发现某一工作机会时便可以选择相应的材料去应聘。

 **附加材料**

由于求职信和简历的篇幅都有限制，不可能把所有材料都写进去。为了证明你的能力，可以另外准备一些材料作为附加材料随求职信一起寄给对方，并在信中提请对方注意这些材料。附加材料的内容大体包括以下几方面：社会实践的证明材料；学历证书、技能资格证书和获奖证书；特殊专业，附加一份专业介绍。

这些附加材料对于争取面谈机会非常重要，要根据具体情况有选择地使用，选择最有代表性的、最能说明问题的材料，但不一定每封信都必须附上全部材料。

【行动链接】

通过多媒体展示各类求职信的范文。

【行动巩固】

简历设计大赛——破"简"而出，Show 求职风采

比赛规则如下。

1. 参赛者通过多种形式展示个人简历，简述制作的创意思想、简历的特色亮点等，个人展示时间 3～5 分钟。

2. 评委、观众提问及参赛者回答，时间 1～2 分钟。

专业评委：礼仪老师、班主任、就业指导老师共三人。

学生评委：每组的学生代表。

3. 评委总结点评。

4. 简历作品要求和评分标准

（1）设计的内容要求。简历封面 10 分，求职信 20 分，简历正文 70 分。

（2）具体评分标准如下。

简历设计大赛评分表

参赛者姓名：

项　　目	分　　值	标准/分值比例	得　　分	点　　评
简历封面	10	专业突出（50%）		
		美观、大方（30%）		
		有创意（20%）		
求职信	20	书写规范（20%）		
		篇幅简短（20%）		
		重点突出（60%）		
简历正文	70	设计整洁、实用，与目标职位及专业贴合（20%）		
		框架结构设置合理（20%）		
		内容完整、重点突出（40%）		
		文字措辞专业、准确（20%）		

5. 奖励设置

一等奖：10%；二等奖：15%；三等奖：25%；最佳创意奖：1名；最佳人气奖：1名。

【行动评价】

（　　）技能训练任务（　　）评价表

项　　目		求职信（20分）	简历封面（20分）	简历正文（20分）	语言表达（20分）	团队协作（20分）	总分（100分）
师评（占50%）							
其他小组评	小组一评						
	小组二评						
	小组三评						
	小组四评						
	小组五评						
他组评平均分（占50%）							

小组成员对个人评级：A（　）B（　）C（　）D（　）

A. 优秀（系数：1）；B. 良好（系数：0.9）；C. 一般（系数：0.7）；D. 合格（系数：0.6）

计算公式：个人得分＝（师评总分×50%＋他组评平均分×50%）×级别系数

技能训练任务三　自我介绍

【行动目标】

在求职面试活动中，物流招聘企业首先是通过求职者的自我介绍来认识对方的。因此求职者的首次介绍留给招聘者的印象好坏对求职的成败起很重要的作用。

通过本行动的学习和训练，我们将能够达到以下目标。

① 了解自我介绍的内容。

② 掌握自我介绍的技巧。

【行动准备】

1. 分组

将学生分成 4～6 人一组，每组一名组长。

2. 教学环境和用具

多媒体课室、电子课件、书写卡纸若干张、张贴板。

3. 学生课前任务

① 将书本上的相关的锦囊阅读一遍。
② 上网查找自己需要的资料。

【行动过程】

第一步骤：教师下达任务（具体见任务书）。
第二步骤：小组讨论和完成任务书中的内容。
第三步骤：小组成果展示。
每一组派一名代表将小组讨论的结果向大家展示，展示内容如下。
① 将讨论的成果（书写卡片）张贴在张贴板上或做成 PPT 形式。
② 对内容进行讲解和分析。
第四步骤：教师总结。
① 教师对学生的行动进行点评。
② 对知识内容进行总结。
③ 引出相关的行动锦囊。

任务书

　　许诺是物流专业的毕业生，在即将举行的大型校园招聘会中，他得知有一份仓库管理员的工作，为了给招聘的物流企业留下良好的第一印象，他该如何准备好面试的自我介绍最终成功应聘？请代入角色，根据自己的目标岗位设计一份"自我介绍"并在小组内或班级内进行演示。

【行动锦囊】

 锦囊一　○○。　**自我介绍的内容**

1. 简单介绍个人的基本信息

主动提及姓名既是礼貌的需要，又能加深面试官对你的印象。提供个人情况的基本、完整的信息，如姓名、年龄、籍贯、家庭概况、学历、工作经历、工作能力、兴趣爱好、理想与抱负等。上述内容需简明扼要、抓住要点，既要和面试及应聘职位相关，还要与个人简历、报名材料上的有关内容相一致。

2. 重点介绍自己的技能、经验和能力

用以往的一两个例子来形象具体地说明自己与职位相关的经验与能力。例如，在学校担任学生干部时成功组织的活动；或者如何投入到社会实践中，利用自己的专长为公众服务；或者自己在专业上取得的重要成绩等。

3. 结合职业理想说明应聘本职位的原因

在自身的价值观与职业观基础上，表达选择应聘单位和职务的强烈愿望，以及若被聘用后应如何尽职尽责工作，并不断根据需要完善和发展自己。

在上述内容组织的基础上，灵活运用短句以便于口语表述，同时也要注意叙述语言的流畅。

 锦囊二 ○○。 **自我介绍的技巧**

自我介绍是在求职面试中"推销"自己的关键。彬彬有礼、主题鲜明、恰到好处的自我介绍是成功的基本保证（见图4-1）。

图4-1　自我介绍

1. 主题明确

自我介绍宜简不宜繁，一定要简单、突出、主题明确。需重点介绍的要素一般包括姓名、年龄、籍贯、学历、学业情况、性格、特长、爱好、工作能力、工作经历等。特别要注意按招聘方的要求组织介绍材料。要证明自己能够胜任某些工作或具备发展潜力，仅仅介绍学习成绩是不够的，还要针对所求职业的不同或用人单位的要求重点介绍自己的能力、特长、性格等。例如，求职做物流客服的，要重点介绍自己的口头表达能力；推荐自己做营销的时，要介绍自己在公关策划方面的能力；求职到物流运输部门工作，就要突出自己的吃苦耐劳、适应性强等能力。

2. 简洁真实，事实说话

自我介绍时要尽量表现出坦诚、真实、创意，避免显得过于公式化，也要尽量避免过多的夸张，不宜用"很"、"第一"等表示极端的词语赞美自己，或用华丽的辞藻来包装自己，而应用简洁生动的语言来陈述自己的基本情况和能力，切忌繁琐和累赘。介绍要实事求是，不要胡乱编造，切忌天花乱坠吹嘘，少用夸张的褒义词。

3. 诚实坦率

当涉及自己不知道的知识或问题时，可坦诚相告，虚心请教。当回答问题出现错误时，能勇敢地承认，不故意回避或狡辩。

4. 避免背书式介绍

介绍时不宜背书式地把简历上的信息重新说一遍，那样只会使人觉得乏味死板。求职者只需用舒缓语气对简历的重点稍加说明，当面试官表示想深入了解某一方面时，求职者再作相应的补充说明。

【行动链接】

自我介绍的评分标准

以下是自我介绍礼仪的评分标准，可供自评时参考，预先给自己打分，做到面试胸有成竹。自我介绍礼仪评分标准（满分为 100 分）如下。

1. 内容和技巧（50 分）

A. 详略得当，有针对性；B. 言之有物，评价客观；C. 简单明了，清楚明白（1～3 分钟）；D. 文理通顺，富有文采；E. 层次清晰，合乎逻辑

2. 仪容仪表（40 分）

A. 服饰整洁、得体，女子化适度淡妆，男子做适当修饰；B. 精神饱满，落落大方，面带微笑；C. 站有站相，坐有坐相，走有走相，步履稳健，从容自如；D. 面部表情，手势与有声语言协调；E. 开头（见面）礼节；F. 告别（离去）礼节

3. 语言（10 分）

A. 脱离讲稿；B. 使用普通话或英语（或其他外语），口齿清楚，声音洪亮；C. 有一定节奏，语言流畅，发音准确

【行动巩固】

请针对自己确定的应聘岗位，为自己要参加的面试准备好一份 2～3 分钟的自我介绍。

【行动评价】

项　　目		介绍内容 （20 分）	介绍用词 （20 分）	介绍技巧 （20 分）	举止仪态 （20 分）	团队协作 （20 分）	总分 （100 分）
师评（占 50%）							
其他小组评	小组一评						
	小组二评						
	小组三评						
	小组四评						
	小组五评						
他组评平均分（占 50%）							

小组成员对个人评级：A（　　）B（　　）C（　　）D（　　）
A. 优秀（系数：1）；B. 良好（系数：0.9）；C. 一般（系数：0.7）；D. 合格（系数：0.6）
计算公式：个人得分＝（师评总分×50%＋他组评平均分×50%）×级别系数

技能训练任务四　面试技巧

【行动目标】

在求职面试活动中，求职者的礼貌举止、仪态和语言侧面反映了求职者的修养、心理、品性和阅历。以上的礼仪和细节对求职面试的成败也起着不可或缺的作用。

通过本行动的学习和训练，我们将能够达到以下目标。

① 掌握面试的举止礼仪（见图 4-2）。

图 4-2　面试技巧

② 掌握面试的语言礼仪。

③ 了解面试注意的问题。

④ 掌握面试常见问题的回答。

【行动准备】

1. 分组

将学生分成 4~6 人一组，每组一名组长。

2. 教学环境和用具

多媒体课室、电子课件、书写卡纸若干张、张贴板。

3. 学生课前任务

① 将书本上的相关的锦囊阅读一遍。

② 上网查找自己需要的资料。

【行动过程】

第一步骤：教师下达任务（具体见任务书）。

第二步骤：小组讨论和完成任务书中的内容。

第三步骤：小组成果展示。

每一组派一名代表将小组讨论的结果向大家展示，展示内容如下。

① 将讨论的成果（书写卡片）张贴在张贴板上或做成 PPT 形式。

② 对内容进行讲解和分析。

第四步骤：教师总结。

① 教师对学生的行动进行点评。

② 对知识内容进行总结。

③ 引出相关的行动锦囊。

任务书

许诺是物流专业的毕业生，在即将举行的学校大型招聘会上，他希望能够寻找到合适的物流公司，争取一份仓库管理员面试的机会。请代入角色，模拟面试的现场，进行求职面试的实战演练。

【行动锦囊】

锦囊一 面试举止礼仪

举止是指人的表情和动作，是一种无声语言，内涵极为丰富。在面试中应该使自己成为举止大方优雅的人。

1. 面部表情友善、微笑

合适的目光及恰当的微笑能勾画出自然大方的面部表情。第一，恰到好处的运用目光。在面试过程中，有些求职者对目光的恰当运用把握欠妥，例如，不敢抬头正视对方，给人缺乏自信的印象；两眼紧盯对方，让人感觉不适。合适的目光应正视对方脸部有双眼底线和前额构成的三角区域，同时目光切忌聚焦。第二，充分发挥微笑的魅力。有些求职者面对招聘者过度紧张，面部表情严肃僵硬，也给人不自然、缺乏自信的印象。在面试前可对镜子多做微笑练习，只有发自内心、亲切自然的微笑才富有魅力。

2. 举止自然、大方

举止要自然、大方、有条不紊，给人留下充满自信的良好印象。"站有站相，坐有坐相"。进入面试间时，要先敲门得到允许后再进入，注意保持正确优美的站姿与坐姿。握手等其他举止要文明。第一，与对方握手要热情友好，要把握好手的力度和时间。第二，递物、接物时要双手接送。递名片时，面带微笑将名片下端对着对方，用双手的拇指和食指分别持握名片上端的两角恭敬送给对方。递面试材料时，注视对方，微笑地将材料的正面朝向对方，双手送交对方或放在桌上。第三，要注意手机使用的礼仪，面试前要将手机关机或者设置为震动静音状态。在面试中旁若无人的使用手机接听电话或查看、发送短信是非常不礼貌的行为。第四，务必要克服不文明的行为举止习惯。走动、就座、开门、关门时要尽量保持安静，回答问题时不要指手画脚，或做与面试无关的动作，进出房门的时候勿忘始终面对面试人员等。

锦囊二 面试语言礼仪

在面试活动中，语言作为一种最基本的媒体形式，包括听、说两方面，它在很大程度上关系到面试行为的成败。礼貌谈吐，遵守语言规范，讲究说话艺术性，做到语言美。

1. 主动、积极倾听

在面试过程中，求职者在倾听时要做到专心、耐心。第一，表现出对面试官的充分尊重（见图4-3）。要记住对方姓名与职位；目光注视说话者；身体微微倾向对方以表重视。第二，集中精力专心听讲。要记住对方讲话的内容重点，适当做出反应，如点头、会意的微笑。第三，不轻易打断对方说话，即使自己不同意对方的观点，也不要急

图4-3 面试语言

于辩解，等对方说完再委婉阐明自己的看法和态度。如对方发言过长乏味也应控制厌烦情绪，否则会留下不尊重他人的印象。

2. 善于表达

面试方一般较欣赏谈吐优雅、表达清晰、逻辑性强的应试者，自然、自信、谦虚的态度以及合适的语言技巧会受到用人单位的欢迎。

（1）培养良好的语言习惯。发音清晰，咬字准确；语调得体、自然，可适度压低音调，感觉亲切、优雅；音量适中，语速适宜，要根据谈话内容调节速度与节奏。要培养良好的语言习惯，必须加强平时的训练，可以用录音机记录日常语言进行自我检查和调节。

（2）谈吐文明、语言精练。要尽量多用敬语、尊称，表示出对面试方的尊重。自我介绍、回答问题时要简明扼要，语言啰嗦、讲话散漫是面试大忌。

3. 态度自信

心态决定状态，保持积极自信的心态是面试中只会语言不断迸发的前提。面谈时，讲话要充满自信，言之有据，思路清晰。有时过于谦虚会给人留下缺乏自信、没有主见的印象。但自信不等于盲目自负，自以为是、夸夸其谈是不受欢迎的。

4. 应答技巧

面对一些令你感到冒犯或者与工作无关的问题时，可以婉转、温和拒绝回答；双方意见不一致时，不要直接反驳或据理力争，要巧妙地表明自己的观点，又要避免直接发生冲突。谦虚、诚恳、自信的谈话态度在任何场合都会受到欢迎。求职面试的核心内容是应答，回答问题时言辞要准确、语言要连贯、内容要简洁。

总之，应聘者在面试过程中的言行举止等都会为目光犀利的招聘者所注意，并将之与素质、性格特质相联系。

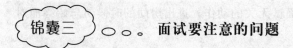 **锦囊三** ○ ○ 。 **面试要注意的问题**

1. 面试结束后应注意的问题

（1）表达您对应聘职位的理解。充满热情地告诉面试者您对此职位感兴趣，并询问下一步是什么；面试结束临走前，要礼貌地表示感谢，更要反复强调自己对这份工作的渴望及能够胜任的信心。

（2）保持联系。面试结束并不意味着求职过程的终结，求职者不应袖手以待聘用通知的到来。你可写信或打电话表示感谢，以加深主考官对你的印象，增加求职成功的可能性。电话最好不超过3分钟，写信最好不超过一页纸，可重申对该公司、该职位的兴趣，增加对求职成功有用的新内容，表达自己为公司发展壮大做贡献的决心。

一般情况下，面试结束后，招聘人员约需三五天来确定录用人选。如面试两周后或主考官许诺的时间已到仍未收到通知，你可写信或打电话询问面试结果。即使未被录用，也最好能与主考官保持联系，这也是建立职业关系网的一个重要组成部分。今后很可能你仍有机会进入你所心仪的企业单位。

2. 面试中的错误行为及应对措施

（1）不善于主动交谈和提问。面试开始时应试者顾虑过多，不敢主动说话，使面试出现冷场。就算勉强开口，生硬的语音语调也使场面显得尴尬。在面试中，应试者主动积极地交谈，留给面试官善于沟通的良好印象。

有些人在不该提问时提问，如面试中打断面试官谈话来提问，也有些人面试前对提问没有足够准备，不懂如何提问。事实上，一个好的提问会让面试官刮目相看，因为从你所提出的问题中招聘者可以了解到你的价值观、目标、业务知识和分析能力。

（2）慷慨陈词，却缺乏例子。应试者列举个人成就、特长、技能时，面试官一旦反问："能举一两个例子吗？"应试者便无言应对。事实胜于雄辩，在面试中唯有举例，应试者才能说服对方相信自己所谓的沟通能力、解决问题的能力、团队合作能力等。

（3）缺乏积极态势。面试官有时会提出一些刁钻的问题，对此很多面试者面红耳赤，不是躲躲闪闪，就是撒谎敷衍，而不诚实回答，正面解释。例如，面试官问："您为什么5年中换了3次工作？"有人可能就会回答工作如何困难，条件如何艰辛等，而非表示："虽然工作很艰难，自己却因此也有收获，在锻炼中成长和成熟。"

（4）个人职业发展计划模糊。对个人职业发展计划，很多人只有目标，没有思路。比如当问及"您未来5年事业发展计划如何？"时，很多人都会回答说"我希望5年之内做到物流客服经理一职。"如果面试官接着问"为什么？"应试者就哑口无言。其实，任何一个具体的职业发展目标都离不开您对个人目前技能地评估以及您为胜任职业目标所需拟定的粗线条的技能发展计划。

（5）忽略挫折和缺点。在面对类似"您性格上有什么弱点？您在事业上受过挫折吗？"的问题，有人会毫不犹豫地回答"没有"。"人无完人"，这种失实的回答是对自己和企业的不负责任。只有充分地认识到自己的弱点，也只有正确地认识自己所受的挫折，才能造就真正成熟的人格。

（6）主动打探薪酬福利问题。有些应试者会在面试快要结束时主动向面试官打听该职位的薪酬福利等情况，结果是欲速则不达，除非面试官主动提及薪酬情况。但多调查和多注意这方面的资讯，使自己在面试前对这个职位的大致薪水有个了解，就会使你不至于提不切实际的要求从而失去机会。

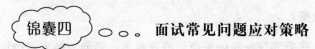

面试常见问题应对策略

1. 谈谈你的家庭情况

策略：简单地罗列家庭人口。宜强调温馨和睦的家庭氛围、父母对自己教育的重视、家庭成员对自己工作的支持、自己对家庭的责任感等。

2. 你有什么业余爱好？

策略：业余爱好能在一定程度上反映应聘者的性格、观念、心态，这是招聘单位问该问题的主要原因。避免说自己没有业余爱好或仅限于读书、听音乐、上网等，否则可能令面试官怀疑是否性格孤僻。最好能有一些户外的业余爱好来"点缀"你的形象。

3. 你觉得自己最大的优点和缺点是什么？

策略：根据应聘的职务来发挥。谈优点时，可以列举做事情认真负责有始有终，肯吃苦、不计较。还有一些与岗位要求贴切的优点，如技术人员说学习能力强、业务人员说自己表达能力强、物流基层人员说自己稳重、踏实。说缺点要注意原则，可以说一些无关紧要、对工作没有影响的缺点。

4. 你最崇拜谁？

策略：最崇拜的人也能在一定程度上反映应聘者的性格、观念、心态。不宜说崇拜自己，或虚幻的、不知名的人。所崇拜的人能与所应聘的工作相联系，最好说出自己所崇拜的人的具体品质和思想，能够感染、鼓舞自己。

5. 谈一谈你的一次失败经历。

策略：①不宜说自己没有失败的经历；②不宜说出严重影响应聘工作的失败经历；③宜说明失败之前自己曾尽心尽力，失败后很快振作，以更饱满的热情面对以后的工作。

6. 你希望自己五年（十年）之后是怎样的？

策略：避免回答自己没有规划，显得毫无职业规划。推荐答案：我很喜欢物流行业，我希望在从基层做起，有所作为，日后成为企业的中层管理人员，成为这个行业小有业绩的人才。

7. 你在以前的单位（或实习单位）工作中有什么收获？

策略：强调自己以前工作中实在的收获，包括技术方面、做人方面等的收获。从侧面说明自己的工作业绩较好，人际关系不错，领导较为欣赏。

8. 你来我们公司最希望得到什么？

策略：避免回答来公司学习、锻炼、提高，这对于公司的招聘者未必中听。公司是为了经济效益存在的，并非一个公益培训机构。推荐答案：我最希望能尽快胜任岗位，得到领导的认可和赏识，将来能够得到重用、提升。在公司工作，一切的核心是业绩和业务能力。

9. 你觉得自己哪方面能力最急需提高？

策略：不要说技术水平、知识水平、经验等较肤浅的东西。推荐答案：强调一些客观的内容，具备高度性、前瞻性的东西，如全行业的一些知识等。

10. 如果公司录用你，你将怎样开展工作？

策略：如果应聘者对于应聘的职位缺乏足够的了解，最好不要直接说出自己开展工作的具体办法，可以尝试采用迂回战术来回答，如"首先听取领导的指示和要求，然后就有关情况进行了解和熟悉，接下来制订一份近期的工作计划并报领导批准，最后根据计划开展工作。"

11. 你是应届毕业生，缺乏经验，如何能胜任这项工作？

策略：其实招聘单位并不真正在乎"经验"，关键是看应聘者如何组织回答。回答最好体现出你的诚恳、机智及敬业。如"作为应届毕业生，在工作经验方面的确会有所欠缺，因此在校期间一直利用各种机会在这个行业里做兼职。我有较强的责任心、适应能力和学习能力，而且勤奋，所以在兼职中均能圆满完成各项工作，从中获取的经验也让我受益匪浅。"

12. 我们为什么要录用你？

策略：应聘者最好站在招聘单位的角度来回答。招聘单位一般会录用这样的应聘者：基本符合条件、对这份工作感兴趣、有足够的信心。如"我符合贵公司的招聘条件，凭我目前掌握的技能、高度的责任感和良好的适应能力及学习能力，完全能胜任这份工作。我十分希望能为贵公司服务！"

【行动链接】

面试礼仪原则

1. 提前到达　为表诚意，提前5～10分钟到达面试地点。

2. 从容进入　应先轻轻敲门，得到允许后才自然大方地进入。入室后，背对招聘者将门关上，然后缓慢转身面对招聘者。

3. 自我介绍　作自我介绍时，只将简历中的重点内容稍加说明即可，要简洁清晰，充满自信，态度自然、亲切，语速不快不慢。

4. 从容对答和倾听　认真聆听对方说话，在适当时点头或答话。

5. 身体语言　包括保持微笑；目光接触，从眼睛捕捉信息，集中注意力；懂得握手礼仪；正确的站姿、坐姿、蹲姿、走姿；举止大方。

6. 善后工作　面试结束时，不论结果如何都要表示感谢。不要过早打听面试结果；收拾心情，做好再次冲刺的思想准备。

【行动巩固】

1. 课堂实训行动

在本节任务一的设定情景中进行"一对一"模拟面试，各考评小组每两个人一分组，分别扮演面试官和求职者小李，互为评分。评分标准参考行动巩固2的模拟面试考核评分表。

2. 物流专业模拟招聘会，组织流程如下。

（1）模拟企业岗位介绍（参考附件），收集求职者简历。

（2）模拟面试环节（模拟企业面试官负责）。

（3）小组集体面试：应聘同一企业岗位的求职者，每4～6人一组。

① 轮流自我介绍：每人不超过2分钟。

② 话题或案例讨论：具体时间限制由面试官决定，自由回答。

（4）单独面试。面试官针对求职者的简历和现场表现等个人情况进行提问，求职者也可以在此环节对面试官和企业情况进行提问。

3. 面试情况总结点评（模拟企业面试官负责）

模拟企业面试官由礼仪老师、班主任、就业指导老师等专业老师组成，分派到各个模拟面试企业作为面试官。

【行动评价】

( ) 技能训练任务 ( ) 评价表

项目	举止礼仪 (20分)	语言礼仪 (20分)	应答技巧 (20分)	整体表达 (20分)	团队协作 (20分)	总分 (100分)
师评(占50%)						
其他小组评 · 小组一评						
其他小组评 · 小组二评						
其他小组评 · 小组三评						
其他小组评 · 小组四评						
其他小组评 · 小组五评						
他组评平均分(占50%)						

小组成员对个人评级:A( )　B( )　C( )　D( )

A. 优秀(系数:1);B. 良好(系数:0.9);C. 一般(系数:0.7);D. 合格(系数:0.6)

计算公式:个人得分＝(师评总分×50%＋他组评平均分×50%)×级别系数

模拟面试考核评分表

求职者姓名:

项目	分值	得分	项目点评
面试形象	10		
举止仪态	15		
简历	15		
自我介绍	15		
专业知识	10		
应答礼仪	15		
提问技巧	15		
逻辑思维	5		
总计	100		

第五模块 物流岗位业务活动礼仪规范

技能训练任务一 物流客户服务礼仪规范

【行动目标】

客户服务是物流企业面对客户的窗口，对于客户服务代表而言，如何为客户提供优质的服务，不仅需要专业的职业技能，更需要懂得客户服务的礼仪规范：热情周到的服务态度、礼貌的语言表达、专业化的处理问题的能力。每位客户服务代表都是企业的一扇窗口，代表的不仅是个人的形象，更是企业的形象，其言行举止将会影响客户对物流企业的信赖感。

通过本行动的学习和训练，你将能够达到以下目标。

① 掌握客户服务常用的接待语言。

② 学会接单业务礼仪。

③ 了解查询货物状态礼仪。

④ 学会收发传真业务礼仪。

⑤ 学会受理投诉业务礼仪。

【行动准备】

1. 角色分配（分组）

根据授课对象的具体情况让不同的学生担任不同的角色。

2. 教具

课件、张贴板一块、油性笔若干支、板钉一批、书写卡片（不同形状若干）、电话、耳机、电脑、传真机、A4 纸若干张。

3. 学生课前任务

① 将相关行动锦囊阅读一遍。

② 上网或利用其他工具查找相关理论知识。

【行动过程】

第一步骤：教师下达任务（具体见任务书）。

第二步骤：小组讨论方案和分角色完成任务书中的内容。

第三步骤：小组成果展示。

每一组派代表向大家展示，展示内容如下。

① 接待客户的语言规范。

② 分角色扮演客户及客户服务代表处理具体业务。

第四步骤：教师总结。

① 教师对学生的行动进行点评。

② 对知识内容进行总结。

③ 引出相关的行动锦囊。

任务书一

经过两年半的学习，许诺毕业了。经过激烈的竞争，他成功应聘了××物流公司的客户服务代表职位。以下是他第一天上班接到的第一个客人的电话。

广州××贸易公司的黄先生有2箱电子样品（15kg/箱，体积：60×80×50厘米/箱）需要空运运往美国纽约，为此他致电了几家物流公司的客户服务热线，咨询有关的寄件业务的报价。请以小组为单位，作为一家物流公司设计客户服务代表接待的方案，并分角色扮演客户黄先生和客服代表许诺，将设计方案进行演示。获得黄先生满意度最高的物流公司将会赢得该项业务，并为客户下单。

【行动锦囊】

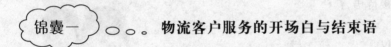

锦囊一 物流客户服务的开场白与结束语

1. 开场白

对于一位新客户而言，其首次致电物流公司的客户服务部所听到的开场白可以影响到他对该公司的感性认识，客户服务代表所给予客户的第一印象，有可能直接影响这位新客户的去留。那么，怎样的开场白为合适呢？我们可以参考以下环节。

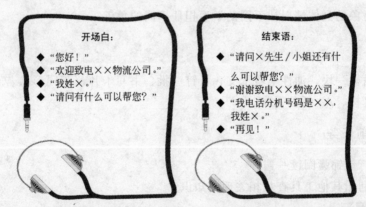

开场白：

◆ "您好！"
◆ "欢迎致电××物流公司。"
◆ "我姓×。"
◆ "请问有什么可以帮您？"

结束语：

◆ "请问×先生/小姐还有什么可以帮您？"
◆ "谢谢致电××物流公司。"
◆ "我电话分机号码是××，我姓×。"
◆ "再见！"

"您好"是客户服务代表对客户的问候语，"欢迎致电××物流公司"既是对客户的欢迎词，也是"自报家门"的重要环节，"我电话分机号码是××，我姓×"是主动介绍自己、勇于承担责任的表现，"请问有什么可以帮您?"是一句热情、温馨、沁人心脾的话。

2. 结束语

如果说开场白是宴会中的头盘，那么结束语就是餐后的一道茶或一杯香浓的咖啡，让人回味无穷。简单而言，结束语包括以下环节。

在结束通话前增加一句"请问×先生/小姐还有什么可以帮您"，让客户感到耐心、周到的服务态度，客户服务代表一直很乐意为客户提供服务，即使到最后也不急于挂电话。"谢谢致电××物流公司"是对客户的谢意。不管客户是否选择客户服务代表所在的物流公司办理业务，客户能在百忙之中抽时间了解该物流公司的业务，使双方所耗费时间成本都会带来收益：对于客户而言，对该物流公司有一定的了解；对于物流公司而言，对客户进行了业务的推广，使该客户成为潜在的客户。"我工号是××，我姓×"显示的是客户服务代表的一种责任感，如果客户对服务内容和服务质量有任何疑问，可以随时联系，也避免客户向另一位不知情的客户服务代表重复相同的内容，节约了客户的时间，提高了服务的效率。

由此可见，简单的开场白与结束语，句句实在，没有多余的话，但每一句话都潜伏着重要的价值，也向客户展示了物流企业高效的专业精神。

 物流客户服务的尊称与敬称

1. 尊称客户本人

当了解客户的来意时，我们要找准时机获取客户的尊称，如"请问先生/小姐您贵姓?"在得到客户回复后，要准确地记录下来，在通话过程中至少三次尊称客户，并在每次对话的开始附加一句"×先生/小姐您好……"这会给予客户更恭敬的感觉。

2. 敬称客户公司

客户服务代表对客户公司使用最简单又恭敬的说法就是"贵公司"，如"请问贵公司的货物是寄往哪个国家呢?"，"请问我可以为黄先生您核对一下贵公司的收件地址吗?"在这里，特别要强调的是，客户是属于位尊的一方，客户服务代表使用尊重对方的措辞不仅能提高自己的品格，更能获得客户对等的尊重。

 物流客户服务的报价礼仪

客户服务代表在报价之前，先要了解客户的意图，不要随意传真一份公司的价目表简单了事，这会给予客户敷衍的感觉。在为客户报价之前，我们先要了解客户是需要了解单位报价还要整体报价，甚至只需要传真一份详尽的价目表。即使是一个简单的报价，也是对客户的一种尊重，如果答非所问，就是对客户的一种失礼。怎样才能做到有礼又专业呢？在这里我们提供两类常用的应对方法供大家参考：

1. 单位报价

客户服务代表："请问黄先生贵公司的货物是寄往哪个国家呢?"

黄先生：……

客户服务代表："请问运费是由哪一方支付呢?"

黄先生：……

客户服务代表："如果是由寄件方支付运费，首重不超过 0.5 公斤的货物空运运往美国的收费是××元人民币，续重每 0.5 公斤的收费是××元人民币，最后在总运费加上×%的燃油附加费。请问是否需要我传真或者 E-mail 一份详细的报价表给您呢?"

黄先生：……

2. 整体报价

客户服务代表："请问黄先生方便提供货物的重量和外箱的尺寸吗?"

黄先生:……

客户服务代表："谢谢黄先生您提供的信息,具体报价我们会根据毛重与体积重取大者原则,贵公司的货物是毛重/体积重大,我们会根据毛重/体积重来计算运费,该批货物的运费是××元人民币,最后在总运费加上×‰的燃油附加费。请问是否需要我传真或者 E-mail 一份详细的报价表给您呢?"

黄先生:……

任务书二

黄先生的货物正在运往美国的途中,此时黄先生再次致电客户服务中心查询货物的运输状态,以下是货物的运输记录。

2010 年 8 月 8 日 13:00　收件;

2010 年 8 月 8 日 13:10　装车;

2010 年 8 月 8 日 17:00　货物回寄件地收发站;

2010 年 8 月 8 日 18:00　货物装上卡车运往寄件地机场;

2010 年 8 月 8 日 19:00　海关清关;

2010 年 8 月 8 日 20:00　海关放行;

2010 年 8 月 8 日 20:10　货物分拣;

2010 年 8 月 8 日 21:00　货物装机;

2010 年 8 月 8 日 22:00　货物离开寄件地机场。

请各小组的成员分角色扮演黄先生和客户服务代表许诺,进行角色演练。

锦囊四　物流客户服务的查询货物状态业务礼仪

(1)礼貌获取客户的运单号码或者相关信息。获取客户运单号码时要专心致志,一边听取客户号码一边重复,出错或者漏听要客户重复都是不礼貌的行为。如果客户一时忘记或者找不到运单号码,不要直接拒绝客户,要想方设法为客户解决问题才是礼貌的表现,可以尝试获取客户寄件的相关信息,尝试在系统里搜索。

(2)请客户稍等片刻,并告之货物即时状态。

如查询的时间较长或存在疑问,不要占用客人太多的时间,最好选择稍后回复。

(3)了解客户是否需要进一步的服务,如无其他需要则礼貌地结束通话。

任务书三

客户黄先生致电贵公司的客户服务中心索取运费的价目表。请分角色扮演客户黄先生及客户服务代表许诺,模拟演练收发传真的礼仪。

锦囊五 ○○。**物流客户服务收发传真业务礼仪**

发传真	收传真
•礼貌获取对方的传真号码，确定是自动传真还是手动传真 •拨通对方传真号码 自动：听到信号发传真 手动：先"自报家门"， 请求对方给传真信号，听到信号发传真 •再次致电客户确认是否收到传真	•礼貌回复传真号码及传真机类别 •接收传真 •确认是否收到传真，致谢

任务书四

客户黄先生致电客户服务中心投诉工号为 NO：123 的客户服务代表陈小姐服务态度差。若你是陈小姐的同事许诺，请问应该如何应对？请分角色扮演客户黄先生及客户服务代表，演练接待客户投诉中要注意的礼仪。

锦囊六 ○○。**物流客户服务接待客户投诉的礼仪**

客户投诉是每家物流公司都要面对的问题，处理客户投诉必须注重礼仪并掌握方法，无论受到客户怎样的责难或是批评都应虚心聆听，真诚以对，即使是与己无关的责备也是如此，绝对不能出现与客户争辩的情况。因为客户在投诉之前必定遭遇了一段极其不愉快的经历，否则不会投诉，如果客户服务代表在接待投诉的时候再次出言不逊，会招致客户投诉的升级。因此不管我们是接待客户的电话投诉还是上门投诉，都要小心谨慎，有礼有节。

1. 开场白

"您好，欢迎致电××物流公司，我姓×，请问有什么可以帮您"。

2. 静心聆听，不打断客户陈述的内容

在客户陈述不愉快经历的时候要静心聆听，并要给予恰当的回应，如"明白"、"我能理解"、"谢谢您的意见"等。如果客户在投诉的过程中被打断，客户会认为客户服务代表没有耐心听取他/她的诉说，客户的投诉没有得到尊重和理解，会招致客户更多的不满。所以，无论客户的情绪有多么的激动，或者客户提出无理的要求，作为客户服务代表先要等客户将话说完，这也是赢取客户下一步能耐心听取解释的前提。

3. 善用"道歉"，平复客户情绪

无论是在客户投诉的开始、结束还是过程中都要善用"道歉"。道歉并不是代表客户的投诉成立，或者过错在于物流公司一方，而是代表对于该事件对客户造成不便或不悦深表同情和歉意。不管客户投诉什么样的问题，客户服务代表都要认为是给物流公司解释误会的良机，要做到先平复客户的情绪，再解决问题，做到心平气和地做出扼要又适当的解释，并感谢对方给予说明的机会。

【行动链接】

相关的客户投诉处理礼仪

1. 当职权或能力不能解决

对不起，先生，您反映的问题由于某种原因暂时无法解决，我会把您的情况向公司反映，尽快给您一个满意的答复。

2. 当投诉不能立即处理

对不起，让您久等了，我会马上把您的意见反馈到有关部门处理，大约在×××时间给您一个答复，请您放心。我姓×，分机号码：×××，如有任何问题，欢迎再次致电，谢谢您的意见。

【行动巩固】

广州商贸集团的陈先生要寄一份紧急文件去新加坡，请分角色扮演客户陈先生及客户服务代表许诺，运用所学的礼仪知识为陈先生下单。

寄件人：陈明

寄件人公司名：广州商贸集团

寄件人公司地址：广州市中山×路×号

【行动评价】

（　　）技能训练任务（　　）评价表

项　　目		礼貌用语 （20分）	静心聆听 （20分）	处理技巧 （20分）	整体表达 （20分）	团队协作 （20分）	总分 （100分）
师评(占50%)							
其他小组评	小组一评						
	小组二评						
	小组三评						
	小组四评						
	小组五评						
他组评平均分(占50%)							

小组成员对个人评级：A(　) B(　) C(　) D(　)
A. 优秀(系数：1)；B. 良好(系数：0.9)；C. 一般(系数：0.7)；D. 合格(系数：0.6)
计算公式：个人得分＝(师评总分×50%＋他组评平均分×50%)×级别系数

技能训练任务二　物流仓储业务礼仪规范

【行动目标】

要做一个有素养的仓库管理人员不仅需要专业的职业技能，更需要懂得仓储工作的礼仪规范：踏实肯干的工作态度、礼貌的语言表达、专业化的问题处理能力。

通过本行动的学习和训练，你将能够达到以下目标。

① 了解进货业务礼仪。

② 掌握存货业务礼仪。

③ 学会发货业务礼仪。

【行动过程】

1. 角色分配（分组）

根据授课对象的具体情况让不同的学生担任不同的角色。

2. 教具

课件、张贴板一块、油性笔若干支、板钉一批、书写卡片（不同形状若干）、电话、电脑、传真机、A4纸若干张、纸箱。

3. 学生课前任务

① 将相关行动锦囊阅读一遍。

② 上网或利用其他工具查找相关理论知识。

【行动准备】

第一步骤：教师下达任务（具体见任务书）。

第二步骤：小组讨论方案和分角色完成任务书中的内容。

第三步骤：小组成果展示。

每一组派代表向大家展示，展示内容如下。

① 仓库管理人员与送货员的语言规范。

② 分角色扮演送货员及仓储作业人员，并使用处理具体业务时的礼貌用语。

第四步骤：教师总结。

① 教师对学生的行动进行点评。

② 对知识内容进行总结。

③ 引出相关的行动锦囊。

任务书一

　　××公司于2011年1月18日送一批货物（联想主机：590mm×500mm×274mm/箱，8公斤/箱，4台；华硕电脑显示器：530mm×336mm×530mm/箱，16公斤/箱，5台）到天天物流公司仓库。××公司的送货人员是小李，天天物流公司的仓库管理人员许诺应该怎样和小李进行业务工作呢？请以小组为单位针对各种状况设计出方案，再分角色扮演送货人员小李和仓库管理员许诺，并将设计方案进行演示。

【行动锦囊】

 锦囊一 ○○。 **仓储管理人员进货各环节的礼貌用语**

1. 仓库卸货前准备

收货人员要提前与运输商沟通，准备好卸货入库所需的工具。在电话沟通时，要自报家门和确认对方的身份比如"您好,我是××公司的××,请问是××公司的送货员××吗?",接着询问卸货所需的工具。

> "请问这批货物卸货时需要另准备什么工具呢?"
> "好的,谢谢,再见!"

> "为了能够快速顺利完成卸货工作,请您准备××工具!"
> "不客气,再见!"

2. 见面用语

作为仓库管理人员,在接货时对客户委托的送货人员,应再次报家门,这样既可以避免送货员把货物送错仓库,同时也让人有种亲切感,这种做法对后面的工作有积极作用。"您好,这是××公司的××仓库,我是××",对方一般会回答"您好,我是××公司的送货员××,这批货物是××公司的××货物"。

3. 核对单据

保管员要熟练地有礼貌地向送货方索取单据(必须双手接过对方递过来的单据)并核对三方面单据:存货方提供的入库通知单、采购订单、采购合同,供应方开具的发票、磅码单、发货明细表;除此外,有些商品还有随货同行的商品质量保证书、检疫合格证、装箱单等。

4. 卸货并初步验收

理货员根据单据和信息对商品进行初步清理验收时仅对货物的包装进行检查。出现问题货物时应分开存放。报请仓库主管时,讲话要有礼貌,表达要简明扼要,耐心等待仓库主管的处理方案。

> "您好,××主管,某票货的××货物,发现其中一件货物外包装有破损现象,请指示如何处理,谢谢!"
> "好的,谢谢!"

> "请在入库单上注明情况,分开存放,待我与客户联系后,再告知你接着如何处理。"
> "不客气,再见!"

5. 办理交接手续

接货员与送货员办理交接手续时,如果初步验收没有异常情况出现,收货员可接收货物,同时在回单上签字盖章。如果在初步验收中有异常情况出现,必须在送货单上详细注明,并由送货人员签字作为事后处理的依据。

> "请您过目送货单上的注明,没有问题的话麻烦您在上面签字,谢谢!"

> "好的,没问题,我会交给负责人的。"

6. 商品验收

在办理商品交接手续之后,检验员要对入库的商品做进一步的验收工作。检验员根据多方面因素确定验收比例。运用感官检验法、理化检验法进行检验,并将验收结果填写在验收单里。填写验收单时字迹要清晰,以便阅读。

任务书二

　　商品清点验收完毕，搬运人员小东使用叉车把货物放到相应的储位，并填写货物登记卡。仓库管理员许诺把存货单和验收单送交仓库文员小珠，小珠将所有进货入库单据进行归纳整理，并详细记录验收情况，登记入库商品的储位。然后依据验收记录和其他到货信息，对库存商品保管账进行账务处理。

　　请各小组的成员分角色扮演许诺、小珠和小东，并进行演练。

锦囊二　○○。 **递送单据礼仪**

1. 单据叠放整齐

　　仓库管理人员把存货单和验收单（见图5-1）按批次的先后顺序叠放整齐，这样便于仓库文员的登账工作，加快工作的速度，避免出错。

2. 双手递单

　　必须双手拿单，面带微笑地把单递交给仓库文员，对方也应双手接单。

3. 递单用语

　　递单和接单时要使用礼貌用语，比如"××人你好，这是货物的存货单和验收单，请接收。"对方应该回答"谢谢，辛苦了。"

验收单　　　　　　　　　年　月　日

厂商名称						
采购单号	材料名称、规格	交货数量	采购数量	短缺退回数量	单价	总价
备注						

主管：　　　　　　证明人：　　　　　　点收人：

图5-1　验收单

任务书三

　　××公司的小红于2011年1月23日致电天天物流公司的仓库主管小泉，要求于25日提取货物（联想主机：590mm×500mm×274mm/箱，8公斤/箱，4台；华硕电脑显示器：530mm×336mm×530mm/箱，16公斤/箱，5台），小泉安排了许诺负责。

　　请各小组的成员分角色扮演小红、小泉、许诺，并进行演练。

锦囊三　○○。 **出货流程礼仪**

1. 核单

　　核单要认真谨慎，核查货物出库凭证上的字迹有无涂改痕迹，是否超过了规定的免费保管期限，有关费用是否已全部支付清楚，提货单上有无加盖印鉴。提货人的证件，如工作证或介绍信是否齐全，如发现无提货凭证则一律不予发货。必须双手递送和接收证件，以表示对对方的尊重。

> "您好，请提供您的《提货通知书》（身份证、行驶证、车牌号），谢谢！"

> "好的，请检查。"

2. 出库前的检查

出库前的检查主要系指核对运单与货堆前的货垛牌，以及货物上拴挂的运输标志，保证票货一致。一旦发现票货不符情况，则应查清后再出库，避免发生错运、错转，或提货发生差错等货运事故。

3. 发货

发货是指仓储管理人员应按提货单上所记载的有关货物的品种、数量，点交给提货人。如一次不能提完的货则应做好分批提货手续，对每批货物均应做好记录并核对以避免发生差错。提货方装车时，仓储管理人员应在现场监督，以对意外情况及时处理。

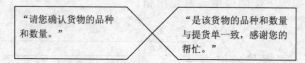

"请您确认货物的品种和数量。"

"是该货物的品种和数量与提货单一致，感谢您的帮忙。"

4. 票据处理

票据处理是指在货物发完之后，仓储管理人员应与提货方办理有关货物交接手续，并同时填写好货物出门放行证。处理完毕应说："手续办理完毕，您可以提货离开，感谢您的配合，再见。""好的，辛苦了，再见！"

5. 记录与统计

记录与统计是指当货物已提离库场，仓储管理人员便应做好库场存货修正记录，并做好统计报表。

【行动链接】

拒收"入库发运凭证"的相关礼仪

1. 字迹模糊，有涂改。"您好，该凭证因字迹模糊，按规定我不能收取该凭证，请见谅。"

2. 错送货物。"您好，该批货物不是本仓库的货物。"

3. 单货不符。"您好，该批货物严重残损（质量、包装不符合规定），按合同规定该凭证我不能收取，请见谅。"

【行动巩固】

××公司于 2011 年 1 月 20 日送一批货物（可比克薯片：520mm×500mm×250mm/箱，5 公斤/箱，3 箱；旺旺薯片：500mm×400mm×250mm/箱，6 公斤/箱，5 箱）到天天物流公司仓库，××公司的送货人员是小方，天天物流公司的仓库管理人员许诺应该怎样和小方进行业务工作呢？请以小组为单位针对各种状况设计出方案，并分角色扮演送货人员小方和仓库管理员许诺将设计方案进行演示。

【行动评价】

（　　）技能训练任务（　　）评价表

项　目		礼貌用语 （20分）	仪态 （20分）	仓库作业流程 （20分）	整体表达 （20分）	团队协作 （20分）	总分 （100分）
师评（占50％）							
其他小组评	小组一评						
	小组二评						
	小组三评						
	小组四评						
	小组五评						
他组评平均分（占50％）							
小组成员对个人评级：A（　）B（　）C（　）D（　） A. 优秀（系数：1）；B. 良好（系数：0.9）；C. 一般（系数：0.7）；D. 合格（系数：0.6） 计算公式：个人得分＝（师评总分×50％＋他组评平均分×50％）×级别系数							

技能训练任务三　物流运输业务礼仪规范

【行动目标】

作为一名有良好素养的运输工作人员，不仅需要专业的职业技能，更需要懂得运输工作的礼仪规范：踏实肯干的工作态度、礼貌的语言表达、专业化的问题处理能力。

通过本行动的学习和训练，你将能够达到以下目标。

① 收派业务礼仪。

② 运费计算业务礼仪。

③ 货物递送异常状态礼仪。

【行动准备】

1. 角色分配（分组）

根据授课对象的具体情况让不同的学生担任不同的角色。

2. 教具

课件、张贴板一块，油性笔若干支、板钉一批，书写卡片（不同形状若干），电话，电脑，A4纸若干张，纸箱，秤，收派网兜，运单，价格表计算器，包装材料（防水袋、文件袋、纸盒、纸箱等）。

3. 学生课前任务

① 将相关行动锦囊阅读一遍。

② 上网或利用其他工具查找相关理论知识。

【行动过程】

第一步骤：教师下达任务（具体见任务书）。

第二步骤：小组讨论方案和分角色完成任务书中的内容。

第三步骤：小组成果展示。

每一组派代表向大家展示，展示内容包括：

① 货物运输人员与客户的语言规范；

② 分角色扮演客户及运输作业人员处理具体业务。

第四步骤：教师总结。

① 教师对学生的行动进行点评；

② 对知识内容进行总结；

③ 引出相关的行动锦囊。

任务书一

广州市的吴小亮有3本书要寄给湛江市的朋友严芳，货物要求两天内到达，吴小亮正在考虑采用哪家物流公司的服务。请以小组为单位作为一家物流公司竞争该业务，分角色扮演寄件人吴小亮、收件员许诺、派件员李明及收件人严芳。演示收派件业务的礼仪及运费计算及收取运费的礼仪，表现最佳的小组将赢得该项业务。

1. 寄件人资料

寄件人姓名：吴小亮

寄件人公司名：（如是私人件，该项可略去）

寄件人联系电话：156××××××××

寄件人地址：广州市白云区××路×号×座×栋×××号房

2. 收件人资料

收件人姓名：严芳

收件人公司名：（如是私人件，该项可略去）

收件人联系电话：136××××××××

收件人地址：湛江市××区×××路×号

3. 货物资料

货物箱数/防水袋数量/文件袋数量：1袋

货物毛重：2公斤/袋

体积：（可不填写）

每箱货物数量：3本；申报价值：60元；运费支付方式：寄件人付现金

【行动锦囊】

锦囊一　收件业务礼仪

1. 个人仪容仪表

收件员穿着要整洁干净，佩戴工牌。到达收件处时要先整理好仪容仪表，并调整好自己的心态和情绪，务求给客户一个良好的印象。

2. 上门取件

到达客户处后主动表明身份，出示工牌，并说明来访目的。比如"您好，我是××快递公司的收件员××。"同时出示工牌。

3. 检查托寄物品

要有礼貌地对客户说明进行托寄物品检查的需要，并在取得客户同意后按要求对托寄物品进行检查。

4. 核对物品与信息

认真检查托寄物品的品名、数量等内容与客户提供的信息是否一致，如有不符需立即与客户核实，并将核实后的正确信息填写在相关栏目内。

5. 检查快件包装

在检查快件包装时如包装未达到标准，需要求客户改进包装。

6. 检查运单内容

双手递单给客户并有耐心地指导客户填写相应运单内容。检查客户填写的运单内容是否完整，若填写不完整需指导客户补充相关内容。

7. 确认签字

与客户确认运单信息，确认无误后要求客户在"寄件人签署或盖章"栏内签字确认，不得代替或伪造客户签字。

8. 清理现场

查看是否有遗留物，并与客户道别。

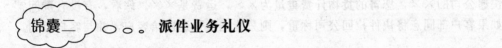

锦囊二 派件业务礼仪

1. 个人仪容仪表

收件员穿着要整洁干净，佩戴工牌。

2. 电联客户

业务员上门派件前需电联客户，确认客户地址并预约派送时间。"您好，请问是××人吗？现有从广州寄给您的一个包裹，您什么时间方便接收呢？"

3. 客户本人签收快件

礼貌提醒客户当面检查快件外包装，验收快件。验收无误后，请客户在运单的"收件人签收"栏内亲笔签名或盖章，要确保签名或盖章清晰可见。

4. 非收件客户本人签收快件

礼貌索取证件并双手接住客户有效证件。在核实身份，确认代收人身份后，提醒代收人当面检查验收快件。验收无误后，请客户在"收件人签收"栏内签名或盖章，并注明"代收"字样。

5. 与客户道别

交付快件后，要与客户道别。

任务书二

　　广州市的吴小亮把三本书打包装箱后，于 1 月 25 日致电××快递公司到广州市白云区白云花园 2 栋 2 座 303 收件，收件员是许诺。送货地点：湛江；收货人：严芳；地址：湛江市霞山区民治路 23 号。货款预付，小齐向吴小亮收取运费。请各小组的成员分角色扮演客户吴小亮和收件员许诺，并进行演练。

锦囊三 ○ ○ 。 收取运费礼仪

1. 确定小件货物计费重量

如果货物重量较轻，可以使用弹簧秤测量实际重量，确定正确的计费重量（在某些快递公司是毛重和体积重取大者，而不一定都用弹簧秤称重）。在测量重量时要轻拿货物，注意货物安全。

2. 确定大件货物计费重量

如果客户同意将快件拉回公司称重，必须要在第一时间将重量、运费告知客户。"您好，我是××快递公司的××，您寄的货物计费重量为××，运费是××。您看，有没有疑问？""再见"。如果客户部同意将快件拉回公司称重，则只能把快件退还给客户，并与客户道别。

3. 运费结算

礼貌地向客户问清运费结算的方式，寄付现结的话，当场与客户现金结清运费，收取客户运费时必须双手接住运费；到付的话，无须现场收取运费。结清运费后，清理现场，并与客户道别。

任务书三

　　1 月 26 日，派件员许诺送包裹到严芳家时发现其外包装箱破烂。请各小组的成员分角色扮演王维和严芳，并进行演练。

锦囊四 ○ ○ 。 处理货物递送异常状态礼仪

收货人在签收货物时仔细检查货物，如发现异常，派件员应指导收货人在运单的签单上

注明货物异常，并详细说明要注意登记货物的破损状态，如外包装及内包装的情况，货物破损的具体情况，同时协助拍相关照片，以便客户服务代表进行后续的事故调查。还要向客户做好公司解释，收回快件。礼貌告之收货人立即与发货方联系，说明货物异常详情。

由发货方人员联系物流公司的客户服务部门"调查"，查明货物破损的原因，划分是哪方的责任，如是物流公司的责任，进行相应的赔偿。

【行动链接】

客户拒绝或无法改进包装的收、派件业务礼仪

需向客户解释并致歉，表明无法收取，同时致电客服部备案。如果客户坚持寄递，需要求客户在面单上些写明"因本人提供的包装不合格，本人同意货物损坏后，无需赔偿"字样，并由其本人签名。

【行动巩固】

珠海市的陈明把一台电脑主机封箱打包后，于1月27日致电××快递公司到珠海市恒丰花园4栋3座501收件，收件员是许诺。当许诺到达目的后发现客户不在家，假如你是许诺你应该怎么做呢？请设计一个最佳的方案。

【行动评价】

（   ）技能训练任务（   ）评价表

项　　目	礼貌用语（20分）	仪态（20分）	专业知识（20分）	整体表达（20分）	团队协作（20分）	总分（100分）
师评(占50%)						
其他小组评　小组一评						
小组二评						
小组三评						
小组四评						
小组五评						
他组评平均分(占50%)						

小组成员对个人评级：A（ ） B（ ） C（ ） D（ ）
A. 优秀(系数：1)；B. 良好(系数：0.9)；C. 一般(系数：0.7)；D. 合格(系数：0.6)
计算公式：个人得分＝(师评总分×50%＋他组评平均分×50%)×级别系数

技能训练任务四　物流营销业务礼仪规范

【行动目标】

物流营销可以很有效地为物流企业收集客户需求、市场信息、产品状况等方面的信息，使物流企业有的放矢，提高物流资源配置的能力，最大限度地满足客户的需要，实现企业的营销目的。作为物流营销代表应该如何获取客户信息，了解客户的需求，从而实现企业的营销目的呢？首先从礼仪开始，因为个人的言行举止将会影响客户对物流企业的信赖感，也决定着客户的去向。

通过本行动的学习和训练，你将能够达到以下目标。

① 了解拜访、接待礼仪。

② 懂得设计个人名片。

③ 掌握物流推销业务礼仪规范。

④ 物流会谈业务礼仪。

⑤ 物流业务的签字仪式。

【行动准备】

1. 角色分配（分组）

根据授课对象的具体情况让不同的学生担任不同角色。

2. 教具

课件、张贴板一块、油性笔若干支、板钉一批、书写卡片（不同形状若干）、电话、电脑、A4 纸若干张、茶具、合同、文件夹、签字笔、空白名片、红布、横幅、标语、请柬、花篮、座位牌。

3. 学生课前任务

① 将相关行动锦囊阅读一遍。

② 上网或利用其他工具查找相关理论知识。

【行动过程】

第一步骤：教师下达任务（具体见任务书）。

第二步骤：小组讨论方案和分角色完成任务书中的内容。

第三步骤：小组成果展示。

每一组派代表向大家展示，展示内容如下。

① 拜访与接待客户的语言规范。

② 分角色扮演客户及销售服务代表处理具体业务。

第四步骤：教师总结。

① 教师对学生的行动进行点评。

② 对知识内容进行总结。

③ 引出相关的行动锦囊。

任务书一

许诺是××物流公司新进物流营销代表，他将要去拜访客户×电器公司的王经理并向其推销本公司的最新业务，×电器公司的前台接待员为陈飞。请为许诺设计一张个人名片，并进行成果展示。

【行动锦囊】

 物流销售代表个人名片制作

名片作为一个人、一种职业的独立媒体（宣传自我），在设计上要讲究其艺术性，使用上要便于记忆，要具有更强的识别性，让人在最短的时间内获得所需要的信息。

1. 名片设计的构成要素

（1）标志（企业标志）。

（2）名片持有人的姓名及职务。

（3）名片持有人的单位及地址。

（4）通讯方式。

（5）业务领域。

2. 名片的独特构思

（1）是否具有视觉冲击力和可识别性。

（2）是否具有媒介主体的工作性质和身份。

（3）是否别致、独特。

（4）是否符合持有人的业务特性。

任务书二

　　许诺是××物流公司新进物流营销代表，他将要去拜访客户×电器公司的王经理向其推销本公司的最新业务，×电器公司的前台接待员为陈飞。拟制出许诺的拜访方案和陈飞的接待方案，并把方案进行演练。

锦囊二 ○○○。 交换名片的礼仪

　　名片是一个人身份的象征，是社交活动的重要工具之一，作为物流销售代表应该要掌握名片的递送、接受、存放礼仪。

1. 名片的递送

　　名片是自我介绍的简便方式。交换名片的顺序一般是："客先主后；身份低者先，身份高者后"。当与多人交换名片时，应依照职位高低的顺序，或是由近及远依次进行，切勿跳跃式地进行，以免对方误认为有厚此薄彼之感。递送时应将名片正面面向对方双手奉上，眼睛应注视对方，面带微笑，并大方地说："这是我的名片，请多多关照。"如图 5-2 所示。

图 5-2 交换名片

2. 名片的接受

　　接受名片时应起身，面带微笑注视对方。接过名片时应说："谢谢"，随后有一个微笑阅读名片的过程，阅读时可将对方的姓名职衔念出声来，并抬头看看对方的脸，使对方产生一种受重视的满足感。然后，回敬一张本人的名片，如身上未带名片，应向对方表示歉意。

3. 名片的存放

　　接过别人的名片切不可随意摆弄或扔在桌子上，也不要随便地塞在口袋里或丢在包里。

应放在西服左胸的内衣袋或名片夹里，以示尊重。

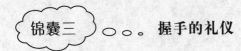 锦囊三 。○○。 **握手的礼仪**

1. 场合

一般在见面和离别时用。冬季握手应摘下手套，以示尊重对方。一般应站着握手，除非生病或特殊场合，但也要欠身握手，以示敬意。

2. 谁先伸手

一般来说，和妇女长者、主人、领导人、名人打交道时，为了尊重他们，把是否愿意握手的主动权赋予他们。如见面时，对方不伸手，则应向对方点头或鞠躬以示敬意。见面的对方如果是自己的长辈或贵宾先伸手，应快步走近，用双手握住对方的手，以示敬意，并问候对方"您好"，"见到您很高兴"等。

3. 握手方式

和新客户握手时，应伸出右手，掌心向左，虎口向上，以轻触对方为准，如图 5-3 所示。如果男士和女士握手，则男士应轻轻握住女士的手指部分。时间 1～3 秒钟，轻轻摇动 1～3 下。

4. 握手力量轻重

应根据双方交往程度确定，和新客户握手轻握，但不可软绵无力；和老客户握手重些，表示礼貌热情。

图 5-3 握手方式

5. 握手表情

握手时表情自然、面带微笑，眼睛注视对方。

 锦囊四 。○○。 **物流销售代表拜访客户准备**

拜访是人际交往中最基本、最常规的形式。销售代表通过拜访可以交流信息、统一意见、并且可以密切与客户的感情。下面让我们简单了解一下拜访客户的流程。

1. 拜访预约

拜访预约主要分为电话预约和信件预约，切忌"突然袭击"，做"不速之客"，在不得已时拜访，要提前至少 5 分钟打个电话。对双方约定的时间要注意强调，以确保客户不会遗忘，尽可能从客户的角度去考虑，不提无理的要求。

2. 办公区域的拜访准备

（1）制定拜访目标。

（2）准备好名片。

（3）客户资料准备。

（4）适宜的礼品准备。

（5）熟悉交通路径。

3. 着装准备

拜访客户前应根据拜访的对象，将自己的衣物、容貌适当地加以修饰，一般情况下应着正装或所在单位的制服，不要蓬头垢面地出现在客户面前。到达客户公司时可以到洗手间整理着装和仪容，因为穿着会影响着客户对自己的印象，也会影响交谈的心情。

4. 拜访时间

拜访客户的时间一般来说，在上午九到十点或者下午三到四点，原则上必须提前 5 分钟到达。最好不要在星期一拜访，因为星期一都会比较忙。

 物流销售代表拜访客户时的注意事项

① 首要规则是准时。

② 到达时，要告知对方接待人员自己的名字和预约的时间，递上名片。

③ 安静、耐心地等待，不要在中途打电话或者看手表。

④ 被引到办公室时，如果是第一次见面先做自我介绍；如果认识互相问候并握手。

⑤ 要做到"四个限定"，限定交谈的内容、交际的范围、交际的空间和交际的时间。

⑥ 妥当告辞，要适时告退，向在场的所有人道别。

 接待客人注意事项

因为大部分来访客人对公司来说都是重要的，要表示出热情友好的态度，要主动人情问候客人，打招呼时应点头并面带微笑，如果是已经认识的客人称呼要显得比较亲切。对陌生客人，务必问清其姓名及公司或单位名称"请问您贵姓？是哪家公司？"

1. 客人要找的负责人不在时

客人要找的负责人不在时，要明确告诉对方负责人到何处了，以及何时回本单位。请客人留下电话、地址，明确是有客人再次来公司还是本公司负责人到对方单位去。

2. 客人到来时

公司负责人由于种种原因不能马上接见，要向客人说明等待理由与等待时间，若客人愿意等待，应向客人提供饮料、杂志等。

3. 接待人员引领客人的引导方法和姿势

（1）在走廊的引导方法。接待人员在客人二三步之前，配合步调，让客人走在内侧。

（2）在楼梯的引导方法。当引客人上楼梯时，应该让客人走在前面，若是下楼梯时接待人员走在前面，客人在后面。

（3）在电梯的引导方法。接待人员先进电梯，等客人进入后关闭电梯门，到达时，让客人先走出电梯。

（4）在会客室的引导方法。当客人走入会客室，接待人员用手指示，请客人坐下，看到客人坐下后才能行点头礼后离开。

4. 奉茶

诚心诚意奉茶，客人就座后，应尽量在客人视线内把茶杯洗净。即使是平时备用的洁净茶杯，也要用开水烫洗，使客人觉得你注重卫生，避免因茶杯不洁而不愿饮用的尴尬局面。奉茶时应从客人的右手边送上。

5. 送客

送客是接待的最后一个环节，如果处理不好将影响这个接待工作的效果。送客礼节，重在送出一份友情。客人告辞时，在客人起身后起身，分手时应充满热情地招呼客人"慢走"、"再见"、"欢迎再来"等。

任务书三

> ×物流公司的许诺，欲向×电器公司的王经理推销一项新的物流业务（可以为×电器公司的电器提供包括原材料采购、生产、仓储、运输、销售在内的一条龙服务）。
>
> 请结合推销礼仪的知识为许诺设计推销方案，并对方案进行演示。

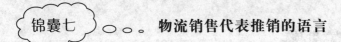 锦囊七 物流销售代表推销的语言

1. 推销语言的基本原则

① 以顾客为中心原则。
② "说三分，听七分"的原则。
③ 避免使用导致商谈失败语言的原则。
④ "低褒感微"原则。
⑤ 通俗易懂，不犯禁忌原则。

2. 推销语言的表示技巧

① 要先说能解决的问题，然后再讲座容易引起争论的问题。
② 如果有多个消息告诉用户，应先介绍令客户喜悦的好消息，再说其他。
③ 谈话内容太长时，为了引起客户格外注意，应把关键内容放在结尾，或放在开头。
④ 最好用顾客的语言和思维顺序来介绍产品，安排说话顺序，不要将自己准备的好的话一股脑说下去，要注意顾客的表情，灵活调整。
⑤ 保持商量的口吻，避免用命令或乞求语气，尽量用顾客为中心的词句。

3. 发问式语言的表示技巧

提出问题发现顾客需要，是诱导顾客购买的重要手段，有人说，推销是一门正确提问的艺术，颇有道理。

① 根据谈话目的选择提问形式。

② 巧用选择性问句，可增加销售量。

③ 用肯定性诱导发问法，会使对方易于接受。

④ 运用假设问句，会使推销效果倍增。

4. 劝说式语言的表示技巧

① 运用以顾客为中心的句式、词汇。

② 用假设句式会产生较强的说服效果。

③ 强调顾客可以获得的利益比强调价格更重要。

④ 面对顾客拒绝，不要气馁。

锦囊八 ○○。 物流销售代表推销的体语艺术

（1）在人际交往中，语言是一种交流方式，大量的却是非语言，即体语。

（2）在交际活动中，恳切、坦然、友好、坚定、宽容的眼神，会给人亲近、信任、受尊敬的感觉，而轻佻、游离、茫然、阴沉、轻蔑的眼神会使人感到失望，有不受重视的感觉。

（3）在交际中善于运用空间距离。

人们所在空间分为以下 4 个层次：

① 亲密空间 15～46cm，这是最亲的人，如父母、恋人、爱人；

② 个人空间 460cm～1200cm，一般亲朋好友之间，促膝谈心，拉家常；

③ 社交空间 1200cm～3600cm，社交场合与人接触，保持距离，会产生威严感，庄重感；

④ 公众空间＞3600cm，社交场合与人接触，上下级之间保持距离。

任务书四

> ××物流公司的许诺的推销非常成功，×电器公司的王经理表示对该业务（可以为×电器公司的电器提供包括原材料采购、生产、仓储、运输、销售在内的一条龙服务）很感兴趣，和许诺约了时间到许诺的公司进行业务会谈。

锦囊九 ○○。 物流会谈座位的安排

会谈是客户和物流公司针对业务内容，为了各自的利益进行的协商与讨论，是双方为达成协议的重要过程。会谈分为双边会谈与多边会谈。双边会谈通常用长方形或椭圆形桌子（见图5-4～图5-6），多边会谈采用圆形或摆成方形。不论什么形式，均以面对正门为上座。

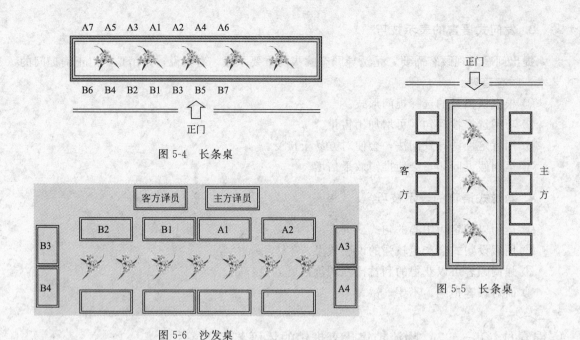

图 5-4 长条桌

图 5-5 长条桌

图 5-6 沙发桌

双边会谈时，宾主相对而坐，以正门为准，主人在背门一侧，客人面向正门，主谈人居中。如会谈长桌一端向正面，则以入门的方向为准，右为客方，左为主方。多边会议，座位可摆成圆形、方形等。

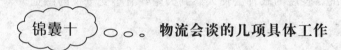 **锦囊十** ○○。 **物流会谈的几项具体工作**

1. 会谈的组织工作

会谈的组织者，在会谈前，要做好充分的组织准备工作。

① 接见方应主动将会见的时间、地点、主方出席人员、次序安排及有关事项通知对方。会见方则应主动向对方了解上述情况，并通知有出席人员。

② 准确掌握会谈的时间、地点和双方参加人员的名单，及早有关人员和有关单位作好必要安排。

③ 及早安排、布置会见、会谈的厅室、座位、音响等。

2. 迎接客人

客人到达前，主人应提前到达会谈场所。客人到达时，主人在门口迎候。主人的穿着要和自己的职务、身份相称。如果主人不到大楼门口迎接，则可由工作人员迎接并引入会客厅。

3. 会谈期间的服务礼仪

会谈时所招待的饮料一般备茶水，夏天加冷饮，如会见时间过长，可适当加上咖啡（红茶）和点心。如需合影，要事先安排好合影位置，布置好场地，准备好照相设备。合影时主人和主宾居中，并以主人右侧为上，按礼宾次序，主、宾双方间隔排列。合影时间宜安排在宾主见面握手之后，经合影后再入座，当然也有在会见结束后合影留念的。

4. 会谈涉及的人员

领导人之间的会见、会谈，除陪见人和必要的译员、记录员外，其他工作人员安排就绪后均应退出。谈话过程中旁人不要随意进出。

5. 握别

会谈结束，热情话别并送至车前或门口握别，目送客人离去后再退回室内。

任务书五

　　××物流公司的许诺将与×电器公司的王经理就已经洽谈好的业务内容签订合约。请设计签约仪式的座位图并为签约仪式进行准备，并进行情境演练。

锦囊十一　　签字仪式涉及的礼仪问题

1. 布置签字厅

要布置好签字厅，并作好有关签字仪式的准备工作。包括会场的预定与布置、接待安排、流程、人员安排、突发事件的控制、确定邀请的嘉宾名单等。

2. 确定人员

要确定好签字人和参加签字仪式的人员。签字人由签字双方各自确定，但是他的身份必须与待签文件的性质相符，同时双方签字的身份和职位应当大体相当。

3. 安排程序

要安排好双方签字人的位置，并且议定签字仪式的程序。本公司签字人座位位于签字桌左侧，客方签字人的座位位于签字桌的右侧。双方的助签人员分别站立于各方签字的外侧，其任务是翻揭待签文本，并向签字人指明签字处，双方其他参加签字仪式的人员则应分别按一定的顺序排列于各方签字人员之后。

【行动链接】

被客户拒绝处理礼仪

1. 切忌恶言相对

耽误您的宝贵时间了，感谢您的聆听与宝贵意见，我们会继续改进。

2. 礼貌退场

有礼貌地站起来，与其握手，互道再见。

【行动巩固】

佳佳物流公司的许诺要到万通电子公司拜访其梁经理，接待员时小雅，请分角色扮演客户梁经理、接待员小雅及物流销售代表许诺，运用所学的礼仪知识争取与万通电子签订1年的仓储合约的机会。

【行动评价】

（　　　）技能训练任务（　　　）评价表

项　　目		符合礼仪规范 （40分）	态度谦恭 （20分）	团队合作 （20分）	整体表达 （20分）	总分 （100分）
师评(占50%)						
其他小组评	小组一评					
	小组二评					
	小组三评					
	小组四评					
	小组五评					
他组评平均分(占50%)						

小组成员对个人评级：A(　) B(　) C(　　) D(　)

A. 优秀(系数:1)；B. 良好(系数:0.9)；C. 一般(系数:0.7)；D. 合格(系数:0.6)

计算公式：个人得分＝(师评总分×50%＋他组评平均分×50%)×级别系数

第六模块　物流从业人员宴请礼仪

技能训练任务一　宴请前的准备

【行动目标】

宴请作为企业经常性的商务活动有着明显的商业目的，不仅体现企业的公关理念，也反映了一个企业的礼仪文化及组织协调能力。宴请安排的成功与否，不仅影响物流业务员的个人形象，甚至会影响企业的形象。要使宴请活动井然有序、完满成功，事前的精心策划、充分准备以及过程控制都是十分重要的。

通过本次行动的学习和训练，你将能够达到以下目标。

① 认识宴请的形式。

② 掌握宴请的程序。

③ 学会宴请方案的策划。

④ 学会宴请前的相关准备工作。

【行动准备】

1. 角色分配（分组）

根据授课对象的具体情况让不同的学生担任不同的角色。

2. 教具

课件、张贴板一块、书写卡片（不同形状若干），电话，电脑，传真机，A4 纸若干张，请柬。

3. 学生课前任务

① 将相关行动锦囊阅读一遍。

② 上网或利用其他工具查找相关理论知识。

【行动过程】

第一步骤：教师下达任务（具体见任务书）。

第二步骤：小组讨论方案和分角色完成任务书中的内容。

第三步骤：小组成果展示。

每一组派代表向大家展示，展示内容如下。

① 确定宴请的形式。

② 宴请的程序。

③ 宴请的具体方案。

④ 宴请前的准备工作及分工。

第四步骤：教师总结。

① 教师对学生的行动进行点评。

② 对知识内容进行总结。

③ 引出相关的行动锦囊。

任务书

　　新春佳节即将来临，为了表达对全体员工的春节慰问，必达物流公司拟举行一年一度的春茗活动，邀请公司全体员工（约60人）参加。许诺虽然是新员工，但也有幸被邀请参加这次活动。请以8～10个人为单位，成立"春茗活动筹备小组"，策划以下内容。

① 宴会的形式。

② 宴会的时间、地点、参加人员。

③ 宴会的程序。

④ 宴会的具体方案。

⑤ 宴请前的准备工作及分工。

【行动锦囊】

锦囊一　宴请的形式

1. 宴会

（1）国宴。国宴是最高级别、最正式的宴会形式，是国家元首或政府逢国家庆典或重要节日招待国宾及各界人士而举行的正式宴会。举行国宴的宴会厅应悬挂两国国旗，布置要庄重、美观、大方，接待规格高，礼仪要求规范、严谨。在流程上要安排乐队演奏国歌及席间乐，席间主、宾双方有致词、祝酒。

（2）正式宴会。正式宴会是一种正规而隆重，并通过精心安排的宴请。正式宴会在特定的地点举行，比较讲究排场，对会场的布置、到场人数、席位的安排、菜肴的选定、席间乐、宾主的致词、宴会的程序都有严格的规定。

（3）便宴。便宴的隆重、正式程度不如正式宴会，是一种非正式宴会，常见的有午宴、晚宴。其形式从简，既适用于正式的日常交往，也适用于亲朋好友之间。不重视规模及档次，可即席致词，也可以不做讲话，菜肴及就餐的形式可以灵活多样。

（4）家宴。家宴是一种比较亲切、随和的接待形式，一般在家中设便宴招待客人。通常由家中的女主人或男主人亲自下厨，家人共同接待。在座位的安排上要把客人安排在尊位，既要显示热情待客的主人风范，又要照顾到客人的口味。

2. 招待会

招待会是一种不备正餐的宴请形式。一般备有食品和饮料，不设固定的席位，宾主活动不拘形式。常见的招待会有以下几种。

（1）冷餐会。冷餐会一般不安排座位，把食品和饮料摆放在餐桌上，由客人自取。菜肴以冷菜为主，有时也会提供热菜。举行的地点可以在室内，也可以是户外，气氛比较轻松，客人可以随意走动，自由交谈并取食。

（2）酒会。酒会的招待品以酒水为主，品种比较丰富，并配有一些软饮。此外，还备有少量的面包、香肠等小吃。席间不设固定的座位，宾客可以自由取食。

3. 茶会

茶会的招待品以茶为主（也有不使用茶而用咖啡的情况），略备少量的点心、小吃，对茶叶、茶具及茶道比较讲究。茶会举行的地点可以是客厅，也可以是某些特用的会议室。

4. 工作餐

工作餐多以快餐为主的用餐形式，主宾之间可以利用进行时间边进餐边谈工作，以节约会议时间，提高办事效率。一般可分为工作早餐、工作午餐和工作晚餐。

 **宴会的一般程序**

1. 迎客

举行宴会时，主人及相关工作人员一般要提早到达宴会厅，站在大厅门口迎接客人。

2. 入席

主人陪同主宾进入宴会厅，全体客人就座，宴会正式开始。

3. 致辞、祝酒

主宾双方致辞，宾客要致以热烈的掌声以示欢迎及致谢。双方致祝酒词后，全体人员站起碰杯。碰的时候要轻，然后把酒喝掉，切忌只碰酒杯而不喝酒。

4. 用餐

当女主人或主人（没有女主人时）拿起了餐巾，宾客此时可以跟着拿起餐巾，打开铺在大腿上，准备进餐。用餐的过程要注意礼貌、礼节，温文尔雅。

5. 结束宴会

女主人看到来宾都已吃好后，就会把餐巾从腿上拿起来，稍加折叠放在桌上，这表示宴会已经结束。其他人应该马上放下餐具，放好餐巾，待主人站起后，再离开餐桌。

6. 送客

在宴会结束后，由主宾向主人提出告辞。一般先由男宾先想男主人告辞，女宾向女主人告辞，然后交换再与其他成员告别。

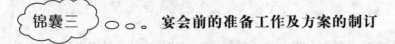 **宴会前的准备工作及方案的制订**

要使宴请活动有条不紊，妥帖完满，事前的准备必不可少，为此必须要有充分的准备和

详尽的策划方案。

1. 确定宴请的规格、标准及形式

确定宴请是正式还是非正式，需要隆重的场合还是比较轻松、随意的气氛，要根据对方的身份及级别，预算的费用，活动的目的等来确定宴请的形式。

2. 确定宴请的时间

宴请的时间既要根据宴请的形式确定，也要兼顾主客双方方便的时间。一般而言，隆重而正式的宴会选择在晚上进行，便宴可以选择中午或晚上，招待会一般选择中午或下午的时间举行。

3. 确定宴请的对象

确定邀请嘉宾及参加人员的名单，发出邀请函。以下是邀请函的一般格式举例：

邀请函

尊敬的_____：

　　您好！

　　_____公司将于_____年___月___日_____(时间)在_____(地点)举办_____宴会,宴会的主题是:_____,诚邀请贵公司(或领导朋友)并赴本公司的宴会。

落款:(单位、时间)

4. 确定宴请的席次

根据主宾的身份高低编排席次，并备好席次卡，一般遵循离门远为尊、以右为尊。

5. 确定宴请的程序

在宴会开始前，要精心设计宴请的具体流程，无论是宾客的迎送，还是宴请的整个流程环节都要严格把关。注意落实责任到个人及时间控制，并预设好应急方案，要做到万无一失。

6. 确定宴请的工作人员及分工

宴请的工作是很繁琐的，要求每项工作都要做到尽心细致的准备，因此在策划宴请活动时要明确分工，落实责任。

7. 宴会厅的预定

根据宴请的形式，提早预订宴会厅，并与经营人协商宴会的要求。

8. 菜单的拟订

菜谱讲究色香味俱全，荤素营养搭配合理。除了要重视客人的口味外，还要兼顾来宾的宗教信仰及习俗忌讳。

9. 场地的布置

场地的布置要迎合宴会的主题，不宜过分花哨，华而不实。场地的布置一般要与宴会厅经营人协商好，是自行布置还是外包，注意保留充分的准备时间，所有设施与仪器都要经过反复的调试，确保宴会当天的正常运作。

【行动链接】

在讲解时，建议播放相关的视频和 PPT 辅助学生认识宴请的各种形式。

【行动巩固】

下周六是许诺爷爷的 60 大寿，请您代入许诺的角色，运用本技能训练所学的内容，为爷爷设计寿宴。

【行动评价】

（　　　）技能训练任务（　　　）评价表

项　　目		宴会的形式（20分）	宴会的流程设计（20分）	宴会的具体方案（20分）	宴请前的准备工作（20分）	团队协作（20分）	总分（100分）
师评（占50%）							
其他小组评	小组一评						
	小组二评						
	小组三评						
	小组四评						
	小组五评						
他组评平均分（占50%）							
小组成员对个人评级：A（　）B（　）C（　　）D（　） A. 优秀（系数：1）；B. 良好（系数：0.9）；C. 一般（系数：0.7）；D. 合格（系数：0.6） 计算公式：个人得分＝（师评总分×50%＋他组评平均分×50%）×级别系数							

技能训练任务二　中餐礼仪

【行动目标】

中国的饮食文化源远流长，博大精深，作为中国人如何秉承自古以来的优良传统，在宾客面前展现优雅的一面，是每位物流从业员与客户进行商务往来的必修课。出于商业的目的，物流从业员不可避免要出席一些商务宴请的场合，中餐礼仪作为社交最常见的礼仪是每位业务员必须掌握的社交技巧。

通过本次行动的学习和训练，你将能够达到以下目标。

① 掌握中餐的席位安排。

② 了解中餐上菜的顺序。

③ 学会中餐餐具的使用。

④ 知道中餐的用餐禁忌。

【行动准备】

1. 角色分配（分组）

根据授课对象的具体情况让不同的学生担任不同的角色。

2. 教具

课件、张贴板一块、油性笔若干支、板钉一批、书写卡片（不同形状若干）、电话、耳机、电脑、传真机、A4 纸若干张、圆台、餐椅、中餐餐具、餐巾、桌布、餐牌等。

3. 学生课前任务

① 将相关行动锦囊阅读一遍。
② 上网或利用其他工具查找相关理论知识。

【行动过程】

第一步骤：教师下达任务（具体见任务书）。

第二步骤：小组讨论方案和分角色完成任务书中的内容。

第三步骤：小组成果展示。

每一组派代表向大家展示，展示内容如下。

① 中餐席位的安排。
② 中餐的上菜顺序。
③ 中餐餐具的使用。
④ 中餐的用餐礼仪。

第四步骤：教师总结。

① 教师对学生的行动进行点评。
② 对知识内容进行总结。
③ 引出相关的行动锦囊。

任务书

2011 年必达物流公司春茗晚宴即将开始，许诺作为新员工提早 5 分钟到达宴会厅。本次宴会邀请的嘉宾及员工共 108 人，举行的是中餐形式的晚宴。请您与您的小组成员分角色完成以下任务：

① 为许诺安排一个合适的席位，并引领他在该座位就座；

② 以下是春茗的菜单，请为许诺安排恰当的中餐上菜顺序。

春茗菜单

（1）（富贵荣华）川酱爆雪花蚌片　　　　　（7）（年年有余）清蒸多宝鱼

（2）（万事如意）四宝三丝羹　　　　　　　（8）（龙马精神）干烧虾

（3）（金凤求凰）当红炸子鸡　　　　　　　（9）（五谷丰收）松子腊味炒饭

（4）（鸿运当头）海皇卷拼乳猪件　　　　　（10）（金果共享）四季水果盘

（5）（横财就手）七味脆皮猪肘　　　　　　（11）（花开富贵）福果竹笙扒时蔬

（6）（多姿多彩）蜜汁一口牛仔肉　　　　　（12）（美景连连）美点双辉

---

③ 请扮演许诺，正确使用中餐餐具，优雅用餐。

④ 请告诫许诺，中餐的用餐禁忌。

【行动锦囊】

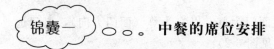

锦囊一 ○○○。 **中餐的席位安排**

中餐的席位排列关系到对来宾的尊重及主人给予对方的礼遇，席位是否安排得当，关系到整个宴请的气氛及宾主的满意度。中餐席位的排列，根据不同的环境有一定的差异，大致分为桌次排列和位次排列两方面。

1. 桌次排列

在中餐的宴请中，通常适用圆桌，一般遵循"面门为尊，以右为尊（面门方向），离门远为尊，离主桌近为尊"的原则。具体安排如下如图 6-1 所示，序号表示桌次排列顺序。

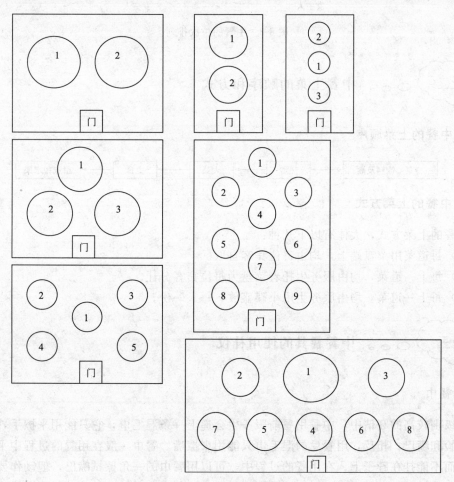

图 6-1　中餐的桌次排列

此外，在安排桌次时，除了主桌可以略大外，其他餐桌的大小、形状要注意基本一致。同时，为了紧凑引领宾客入座的流程，可以在请柬上注明宾客所在的桌次，在宴会厅接待处展示席位安排的示意图，在每张餐桌上摆放桌次卡及列明就座该餐桌的嘉宾名单，并安排引领的礼仪接待员引领嘉宾就座。

2. 位次排列

位次的安排与桌次的安排相似，同样遵循"面门为尊，以右为尊（面门方向），离门远为尊，离主人近为尊"的原则。具体安排如下（见图 6-2）：

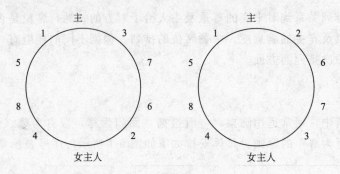

图 6-2　中餐的位次排列

锦囊二 ○○。 **中餐上菜的顺序和方式**

1. 中餐的上菜顺序

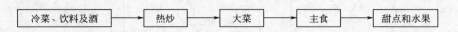

2. 中餐的上菜方式

中餐的上菜方式，大体有以下几种：

（1）每道菜用菜盘端上，均由每位宾客自取。

（2）每上一道菜，均由服务生托着菜盘为每位宾客分让。

（3）每上一道菜，均由服务生用小碟盛放，每人一份。

锦囊三 ○○。 **中餐餐具的使用礼仪**

1. 餐巾

在级别较高的宴请中，中餐用餐前服务生会递上一条湿毛巾，它只能用来擦手，而不能用来擦脸和嘴巴；相反，用餐后的湿毛巾只能用来擦嘴。餐巾一般在用餐的过程中平铺在大腿上，而不能挂在脖子上。在用餐的过程中，可以用餐巾的一角擦拭嘴巴，但动作要注意优雅，避免将脏的一角外露。

2. 茶具

在没有服务生在场的情况下，一般由位卑者向位高者倒茶，同时遵循由高到卑、按顺时针顺序。倒茶的时候要起立，微鞠躬并点头以示恭敬，双手托茶壶，倒八分满。接收倒茶者，应点头致谢，并行叩手礼。

3. 水杯

水杯主要用来盛放清水或软饮料，不能用来盛酒，也不能倒扣水杯，更不能将喝到口里的东西倒吐到水杯中。

4. 酒杯

中餐常用的酒杯有白酒杯、红酒杯及洋酒杯，不同的酒杯有不同的拿法。

5. 筷子

筷子是中餐的主要餐具，入座后要由首席位上的宾客先动筷，其他人才能动筷。用餐时，要正确掌握拿筷子的手势，筷子必须成双使用。使用筷子要注意以下礼仪。

（1）筷子的归位。筷子不使用的时候，或者与人交谈的时候，要放在筷子架上，不能横跨放在碗口上或插在饭菜上。因为横跨放在碗口上是下"逐客令"，插在饭菜上是"上香"的意思，这些都是中国人所忌讳的。

（2）筷子的职能。筷子只用来夹取食物，而不适用于剔牙、敲击、指点等其他功能。

（3）使用筷子的禁忌

① 忌舔筷。舔筷，是指把筷子的一端放进嘴里啜并发出声响。这是一种缺少家教的行为，在餐桌上是无礼的。

② 忌滴筷。在夹伴有汁液的送菜时，应避免汁液滴落餐桌，应在夹菜的同时使用公勺加以辅助，并且要尽量少拿少取，未免食物过满中途散落在桌面。

③ 忌游筷。在用餐时，要想好要夹取的送菜，切忌拿不定主意，拿着筷子在餐桌上游寻。此乃缺乏修养，目中无人的表现，应该避免。

④ 忌飞象过河。所谓"飞象过河"是指使用筷子，跨越自己面前的送菜，越到对方面前夹菜。正确的做法应该是再没有宾客夹菜的情况下，利用转盘，将所需的送菜转到自己面前，然后再用筷子夹取。

6. 勺子

勺子的作用主要是舀取液态、黏糊状、颗粒状或带汁的食物。舀取食物时适量为宜，切忌过多、过满导致食物溢出，如果是带液态状或带汁食物，可以舀起后先停留片刻，再将食物移送到相应的位置。切忌用勺子乱翻食物、挑拣食物或多次不停地舀取食物。

7. 牙签

一般不要当众剔牙，如确实难受，可以用一只手或餐巾遮挡口部，另一只手尽快剔除障碍物，低头、侧身为之。如果所需动作较大才能解决问题，建议到洗手间处理，而不要当众做出不雅的动作。

锦囊四 ○○。 中餐的用餐礼仪

1. 取菜的礼仪

取菜一般遵循"就序、就近、就面"的原则。若需使用公筷或通用调羹的菜，应先使用公用餐具将菜夹到自己的餐具中，然后将公用餐具归位，再使用自己的餐具进食。

所谓"就序"，就是取菜的时候要按照一定的次序，一般按照由尊到卑与顺时针顺序相结合的顺序。做到主动谦让，有宾客夹菜时不转动转盘，不出现交叉叠加的夹菜现象。如出现双方同时夹同一盘菜或同时转动转盘的情况，要让尊者优先。

所谓"就近"是指取菜的时候就近为原则，尽量避免站立、俯身取菜，或离开座位走到对方面前取菜，或把整碟菜搬到自己面前。正确的做法是转动转盘或请求对方代劳。

所谓"就面"是指取菜的时候要从外到里，从面到底，切忌为了个人的喜好将菜乱翻，挑取自己喜欢的部分，而不顾及其他宾客的感受和整盘菜的整体效果。

2. 劝菜的礼仪

中国人热情好客，自古以来有劝菜的习惯。但在商务往来中劝菜要先咨询宾客的意见，切忌不顾别人喜好强行将菜肴夹给对方。劝菜的时候要使用公筷或公用的勺子，而不能使用自己或宾客的餐具，因为这是不符合卫生习惯的。

在用中餐招待外宾方面劝菜要慎用，一方面要考虑对方的风俗习惯，另一方面要考虑对方的个性特点。如西欧、美国、加拿大等国家的宾客比较崇尚独立自由，不可以反复劝菜，否则会弄巧反拙，被外宾误认为是一种强迫，影响用餐的气氛。

3. 用餐的礼仪

用餐的时候要细嚼慢咽，切忌发出响亮的咀嚼、唆取、吹气等声音。取食的时候要用筷子夹取，如果担心食物跌落也可以用勺子辅助，食用时要尽量取小件食物，不能把食物放进口中又再吐出，这会影响其他宾客的食欲。如食物带有骨、壳，一种做法是不经意地侧身掩面用餐巾的一角将其包好，示意服务生将餐巾换走；另一种做法是可将食物残渣用筷子取出放在骨碟中靠近自己的位置，尽量不要让其他宾客看见，并示意服务生尽快将骨碟换走。

4. 用餐期间礼仪

用餐期间身体要坐直，保持恭敬的态度。不要敲打餐具，或在谈话的过程中食用餐具进行比划，更不要当众化妆、宽衣解带、清嗓子、擤鼻涕等，如有需要请到洗手间解决。此外，用餐的时候不要随意走动，毅然离开，如需暂时离开需要向旁边的宾客示意"失陪一下"，如确有急事须中途退席，要向主人说明原因，表示歉意，同时要向其他宾客示意，才能离席，以示对宾主的尊重。

【行动链接】

> 在讲解行动锦囊的时候，可以播放相关的图片及视频，如"国宴的四菜一汤"、"宴请会场的布置"等。

【行动巩固】

为了迎接远道而来的客户——厦门 AA 公司的杨总经理及助理方先生，必达物流公司的销售经理王总和助理许诺在广州某酒店中餐厅设宴招待，由许诺打点一切。请根据本节课所学的内容，分角色模拟演练中餐礼仪。

【行动评价】

（　　）技能训练任务（　　）评价表

项　　　目		中餐席位的安排（20分）	中餐上菜的顺序（20分）	中餐餐具的使用（20分）	中餐的用餐礼仪（20分）	团队协作（20分）	总分（100分）
师评（占50%）							
其他小组评	小组一评						
	小组二评						
	小组三评						
	小组四评						
	小组五评						
他组评平均分（占50%）							

小组成员对个人评级：A（　）B（　）C（　）D（　）
A. 优秀（系数：1）；B. 良好（系数：0.9）；C. 一般（系数：0.7）；D. 合格（系数：0.6）
计算公式：个人得分＝（师评总分×50%＋他组评平均分×50%）×级别系数

技能训练任务三　西餐礼仪

【行动目标】

　　随着中国对外贸易的不断增长，国际物流业获得飞速的发展，因此商务往来中，物流从业员必不可少要与外国宾客进行商务往来。西餐作为一种普遍的宴请方式逐渐为人们所熟悉。西餐不论在餐具的使用还是在用餐的礼仪上都与中餐都有很大的区别，如果不具备相关的礼仪知识，不仅会在物流客户面前出洋相，更会影响物流公司的企业形象。

　　通过本次行动的学习和训练，你将能够达到以下目标。

　　① 掌握西餐的席位安排。
　　② 掌握西餐上菜的顺序。
　　③ 学会西餐餐具的使用。
　　④ 了解西餐的用餐禁忌。

【行动准备】

1. 角色分配（分组）

根据授课对象的具体情况让不同的学生担任不同的角色。

2. 教具

课件，张贴板一块，油性笔若干支，板钉一批，书写卡片（不同形状若干），电话，耳机，电脑，传真机，A4纸若干张，方台，餐椅，西餐餐具，餐巾，桌布，餐盘等。

3. 学生课前任务

　　① 将相关行动锦囊阅读一遍。
　　② 上网或利用其他工具查找相关理论知识。

【行动过程】

第一步骤：教师下达任务（具体见任务书）。
第二步骤：小组讨论方案和分角色完成任务书中的内容。
第三步骤：小组成果展示。

每一组派代表向大家展示，展示内容如下。

① 西餐席位的安排。

② 西餐的上菜顺序。

③ 西餐餐具的使用。

④ 西餐的用餐礼仪。

第四步骤：教师总结。

① 教师对学生的行动进行点评。

② 对知识内容进行总结。

③ 引出相关的行动锦囊。

任务书一

　　为了顺利地开展各项业务，必达物流公司的许诺欲约美国商贸集团的 Amy. Wang 共进晚餐（西餐）。假如你是许诺，共进晚餐前该做哪些准备工作？

【行动锦囊】

 商务宴请前的准备工作

　　西方国家讲求的是实效，注重的是细节，哪怕是一个短暂的用餐也能从细微之中体现一名物流从业员，甚至是一家物流企业的处事作风以及严谨程度。所以，在与客户进餐的时候一定要事先将准备工作安排好，以免影响客户对公司的评价。主要需做到以下几点。

1. 预约

（1）邀约。首先，要向客户发出邀请表明宴请的目的，征求客户意见是否方便出席以及用餐的时间，试探客户用餐的喜好等。

（2）预约餐厅。当客户同意赴约时，要提早预订餐厅及座位，说明参加用餐的人数、时间、座位要求以及宴请的目的或主题，以便餐厅做好安排。

（3）预约客户。告知客户用餐的时间、地点、参加人员，正式宴请还要发出请柬，并确认客户是否能赴宴。

2. 着装准备

（1）正式场合。商务洽谈场合，男士穿西服，女士穿职业套装。非商务场合，男士穿西服或礼服，女士穿晚礼服。

（2）非正式场合。根据宴请的目的、主题以及请柬的要求，综合考虑时间、地点、场合以决定整洁、得体的着装，以大方、优雅为宜，切忌浓妆艳抹、过分张扬。

任务书二

　　许诺和 Amy. Wang 均到达西餐厅门口，该如何入座？请为两位设计入座的方案。

锦囊二 ○。。 西餐入座的次序

进入餐厅时，应该由男士开门，请女士进入，女士走在前面。比较得体的入座方式是从左侧入座，通常由服务生或男士为女士拉开椅子，并为女士调整好椅子与桌子的距离，等女士就坐完毕后方可离开。用餐时，上臂和背部要靠到椅背，腹部和桌子保持约一个拳头的距离。

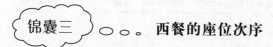

锦囊三 ○。。 西餐的座位次序

1. 2～3人就餐的西餐座位次序

2～3人就餐的西餐座次一般离门远为尊、以右为尊、离通道远为尊、位置景观佳为尊、靠墙的位置为尊。

如果是男女二人就餐，男士应请女士坐在自己的右边；若只有一个靠墙的位置，应请女士就座，男士坐在女士的对面。如果是两位同性就餐，尊位应该让给位尊者。如果是两位男士陪同一位女士就餐，因该男女相间而坐，并把尊位让给女士。

2. 西餐宴会座位次序

西餐宴会的座位次序，桌次一般遵照"离主桌近为尊、以右为尊"的原则。在同一餐桌上，席位高低以离主人远近而定，男女相间而坐，以女主人的座位为准，男主宾坐在女主人的右方，女主宾坐在男主人的右方，如图6-3所示。

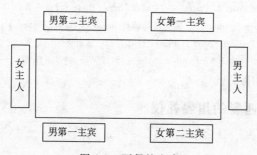

图6-3　西餐的座次

任务书三

以下是许诺和Amy.Wang在用餐过程中出现的情景，请分角色扮演。

① 许诺和Amy.Wang所点的西餐菜式如下：咖啡、水果、肉类、前菜和汤、甜点、鱼、乳酪、水果、餐前酒、餐酒。请为两位安排上菜的次序。

② 请指引许诺和王小姐如何使用餐巾。

③ 假设许诺和王小姐只是点了汤和牛排，请为两位摆放餐具。

④ 用餐途中，王小姐不小心把叉子掉到地上，该如何应对？

⑤ 用餐途中，王小姐需要接一个很重要的电话，如何处理才适合？

⑥ 王小姐的牛排已经用完，如何示意？

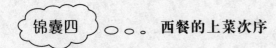

锦囊四 ○○。 **西餐的上菜次序**

西餐的上菜顺序是：

头盘 → 面包+汤 → 副菜（水产类等） → 主菜（肉、禽类）

配菜（蔬菜、沙拉类） → 甜品 → 餐后饮品（咖啡、茶等） → 水果

锦囊五 ○○。 **西餐的餐具摆设**（见图6-4）

图6-4 西餐餐具的摆设

1—餐巾 Napkin；2—鱼叉 Fish Fork；3—主菜叉 Dinner or Main Course Fork；4—沙拉叉 Salad Fork；
5—汤杯及汤底盘 Soup Bowl & Plate；6—主菜盘 Dinner Plate；7—主菜刀 Dinner Knife；8—鱼刀
Fish Knife；9—汤匙 Soup Spoon；10—面包及奶油盘 Bread & Butter Plate；11—奶油刀 Butter Knife；
12—点心匙及点心叉 Dessert Spoon and Cake Fork；13—水杯 Sterling Water Goblet；14—红酒杯
Red Wine Goblet；15—白酒杯 White Wine Gobl

锦囊六 ○○。 **西餐的用餐礼仪**

1. 使用餐巾的礼仪

餐巾一般在点完菜后，上菜前打开，一般由尊者为先，若在正式宴会则由女主人为先。打开餐巾后，往里折 1/3，让 2/3 平铺在腿上，盖住膝盖以上的双腿部分。餐巾放在椅面上，寓意暂时离开，稍候回来继续用餐；餐巾放在桌面上，则寓意用餐结束。

在用餐的过程中，如需擦嘴可以用餐巾的一角轻轻沾一沾，然后要将脏的一角往里摺，避免外露。餐巾可以擦嘴，但不能擦餐具，更不能用来擦汗。

2. 西餐餐具的使用

（1）餐具的使用顺序。按照西餐的上菜顺序使用餐具，从外到里。

（2）汤勺的使用。喝汤的时候，汤太热不能用嘴吹，或用汤勺将汤舀凉，只能稍等片刻，等汤凉了再喝。舀汤的时候要从里往外舀，避免汤液洒落，喝汤时不能发出声音。

（3）刀叉的使用。进餐的时候，餐盘在中间，左叉右刀，按照从外往里的顺序使用。不同的西餐菜肴使用刀叉的方式有所不同：如吃排类食物时，以叉子将食物的左边固定，用刀切一小口大小，然后蘸上调味酱料送进口中，细嚼慢咽，一般是切一口吃一口，切忌将整块食物切碎，再一块块取食；如食用煮烂的蔬菜时，可用餐刀将食物移到餐叉上再送进口中；如食用意大利面条或普通的沙拉时，可以单独使用餐叉而不使用餐刀进食。

这里特别要注意的是，切勿用餐刀将食物送进口中，这除了是礼仪上的要求也是安全上的考虑。

3. 西餐中刀叉摆放的含义（见图 6-5、图 6-6）

图 6-5　八字形摆放：尚未用完餐　　　　图 6-6　平行摆放：已经用完餐

【行动链接】

使用调味料的礼仪

使用黏糊状的酱料时，应先用汤匙将其舀入盘子里，然后再用叉子叉食物点酱料食用。

使用液态酱料时，要将酱料直接浇到食物上面。

【行动巩固】

请您邀请一位亲友到一家西餐厅用餐并进行实地考察，撰写一份考察报告。

【行动评价】

（　　）技能训练任务（　　）评价表

项　目		西餐席位的安排（20分）	西餐上菜的顺序（20分）	西餐餐具的使用（20分）	西餐的用餐礼仪（20分）	团队协作（20分）	总分（100分）
师评（占50%）							
其他小组评	小组一评						
	小组二评						
	小组三评						
	小组四评						
	小组五评						
他组评平均分（占50%）							
小组成员对个人评级：A（　）　B（　）　C（　）　D（　） A. 优秀（系数：1）；B. 良好（系数：0.9）；C. 一般（系数：0.7）；D. 合格（系数：0.6） 计算公式：个人得分＝（师评总分×50%＋他组评平均分×50%）×级别系数							

第七模块 物流从业人员涉外礼仪

技能训练任务一 外宾的迎送礼仪训练

【行动目标】

现今物流企业不仅拥有国内的客户，而且还拥有大批的国外客户，因此在涉外交往中，一项十分重要的经常性工作是要在国内接待外国的客户。与国外客户维持良好的关系，迎送来宾不仅是第一个环节，而且往往是其至关重要的一个环节。迎送外宾的核心之点是：礼待宾客，宾至如归，通过给予来宾与其身份、地位相符的礼遇向对方表达主人的热情好客之道。

通过本行动的学习和训练，你将能够达到以下目标。

① 掌握接待外宾礼仪。

② 学会送别外宾礼仪。

【行动准备】

1. 角色分配（分组）

根据授课对象的具体情况让不同的学生担任不同的角色。

2. 教具

课件、张贴板一块、油性笔若干支、板钉一批、A4 纸若干张。

3. 学生课前任务

① 将相关行动锦囊阅读一遍。

② 上网或利用其他工具查找相关理论知识。

【行动过程】

第一步骤：教师下达任务（具体见任务书）。

第二步骤：小组讨论方案和分角色完成任务书中的内容。

第三步骤：小组成果展示。

每一组派代表向大家展示，展示内容如下。

① 拟订迎送外宾的计划书。

② 接待外国客户的语言规范。

③ 分角色扮演外国客户及企业代表。

第四步骤：教师总结。

① 教师对学生的行动进行点评。

② 对知识内容进行总结。

③ 引出相关的行动锦囊。

任务书

美国万维贸易公司为了扩大公司规模，打算在中国寻找合适的物流公司建立长期合作的伙伴关系。美国万维贸易公司总经理 Peter 下周要到广州视察，并已经计划到几家物流公司视察，请以小组为单位，设立不同的物流公司，各组设计一份接待总经理 Peter 的方案，并分角色扮演美国贸易公司总经理 Peter 和广州物流公司代表许诺，展示及演示设计方案。

【行动锦囊】

锦囊一 ○○。 **拟订接待计划**

在接待外国宾客之前，应当认真草拟一份周详的接待方案以便减少接待工作的周折，更好地按部就班地进行接待工作。

在拟订方案之前，要充分了解来访者有无特殊要求，在力所能及的情况之下应当尽可能地满足来访者一切正当合理的要求，并且将其列入接待方案之中。

一份接待外宾活动的方案大体上应当包括膳宿安排、交通工具、会见会谈、参观访问、文娱活动、异地游览、安全保卫、应付突发事件、礼品准备、人员配备、经费预算等基本内容。

锦囊二 ○○。 **迎宾的礼仪**

1. 一般欢迎仪式

当外国宾客来访时，虽不必专门为其举行欢迎仪式，但接待方亦应派人前往其抵达机场、车站或码头迎接对方，并陪同其前往下榻之处。

客人与迎接人员见面时应互相介绍。通常介绍原则是，先把身份低、年纪轻的介绍给身份高、年纪大的，把男士先介绍给女士。因此在迎接外国来宾时，应先将前往欢迎的人员介绍给来宾，然后再将来宾介绍给前来欢迎的人，这个工作可由礼仪交际工作人员或其他接待人员来完成，也可以由欢迎人员中身份最高者来完成。被介绍者应该微笑点头或者说声"您好"，千万不可面无表情，无所表示。在双方介绍认识时，遇有外宾主动与我方人员拥抱时，除女士外我方人员不可推却或勉强应付，而应作出相应的表示。

2. 宴会欢迎仪式

按照国际惯例，在接待外宾时应为之举办专门宴会。凡举办宴请外宾的正式宴会，务必提前发出请柬、准备菜单、排好座次，并且安排好我方出席宴会作陪的人员。

当主人陪同主宾一行进入宴会厅，并在主桌上就座后，宴会即可宣告开始。在宴会正式开始时，应由主人首先致欢迎词，然后再请主宾致答词。稍后即可开始用餐。

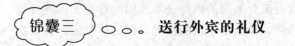

锦囊三 ○○。 **送行外宾的礼仪**

在宴会结束时，主宾起身告辞后主人应陪同其走出门外并与之握手道别，其他迎宾人员可以排列于宴会厅门口，与其他客人握手话别。按照涉外礼仪的规范，当外宾正式离开本地的前一天，主人应当专程前往其下榻之处进行探望，并且正式与之话别。

有可能的情况下，主人应当专程陪同外宾乘车前往机场、车站或码头亲自为外宾送行。倘若一时难以分身，则除了要向外宾提前致歉之外，还须委托专人代表自己前去为外宾送行。外宾在正式登机、登车或登船离开本地之前，前往送行的有关人员应按照一定的顺序列队与对方一一握手道别，并预祝对方旅途愉快。

当外宾乘坐的交通工具正式启程离去之后，送行的人员方可离去。若是提前走掉的话，对于送行对象来讲是很不礼貌的。

【行动链接】

掌握外宾人员状况

要做好外事接待工作，就必须具体地掌握好外方与我方相关人员的状况。对于对方的姓名、性别、年龄、婚否、国籍、性格、宗教信仰、社会声望、职务级别、业务能力、专长爱好、主要禁忌，接待人员一定要在事先有所了解。

【行动巩固】

Peter 在视察的中途，美国总公司突然有急事需要他立刻回国。作为广州物流公司的许诺应该如何处理？

【行动评价】

（　　）技能训练任务（　　）评价表

项　目		接待方案 （40分）	迎送礼仪 （30分）	整体表达 （10分）	团队协作 （20分）	总分 （100分）
师评(占50%)						
其他小组评	小组一评					
	小组二评					
	小组三评					
	小组四评					
	小组五评					
他组评平均分(占50%)						
小组成员对个人评级：A（　）B（　）C（　　）D（　） A. 优秀(系数：1)；B. 良好(系数：0.9)；C. 一般(系数：0.7)；D. 合格(系数：0.6) 计算公式：个人得分＝(师评总分×50%＋他组评平均分×50%)×级别系数						

技能训练任务二　礼宾次序与国旗悬挂礼仪

【行动目标】

现今的物流公司的业务不仅遍布国内而且遍布国外，就职于物流公司的人员要学会在重要的礼仪场合按一定的规则和惯例对参加团体或个体的位次进行排列。而国旗是国家的一种标志，是国家的象征，人们往往通过悬挂国旗表示对本国的热爱或对他国的尊重。涉外升挂和使用国旗，各国均依国际关系准则和国际惯例，并依据本国的情况加以具体规定。礼宾次序体现了主人对宾客应予的礼遇及这种礼遇给予宾客以平等的地位；悬挂国旗体现对该国的尊重和热爱，很显然这对公关组织和公众都是至关重要的，否则可能引起不必要的争执和误会，给组织形象和公众心理蒙上阴影。

通过本行动的学习和训练，你将能够达到以下目标。

① 了解在不同场合合理安排到场人员的次序。

② 学会国旗悬挂的礼仪。

【行动准备】

1. 角色分配（分组）

根据授课对象的具体情况让不同的学生担任不同的角色。

2. 教具

课件，张贴板一块，油性笔若干支，板钉一批，书写卡片（不同形状若干），多国的微型国旗，A4 纸若干张。

3. 学生课前任务

① 将相关行动锦囊阅读一遍。

② 上网或利用其他工具查找相关理论知识。

【行动过程】

第一步骤：教师下达任务（具体见任务书）。

第二步骤：小组讨论方案和分角色完成任务书中的内容。

第三步骤：小组成果展示。

每一组派代表向大家展示，展示内容如下。

① 安排到场人员的次序的规范。

② 各国国旗的悬挂礼仪。

第四步骤：教师总结。

① 教师对学生的行动进行点评。

② 对知识内容进行总结。

③ 引出相关的行动锦囊。

任务书一

国际物流企业高峰会议在广州国际会议中心召开，各国的物流企业都应邀准时参加。会议正式开始，主持人许诺上台主持会议。请各组人员准备主持稿，派一位组员扮演主持人许诺，对在场的各国物流企业进行介绍。

附：会议嘉宾名单

1.××市市长	市　长　陈××
2.GZ 物流协会	会　长　崔××
3.HH 国际航空快递有限公司	董事长　曾××
4.中国 YY 物流有限公司	总经理　何××
5.GG 快运股份有限公司	副经理　谢××

……

【行动锦囊】

 **锦囊一** 礼宾次序礼节

1. 按身份和职务的高低排列

就一级组织而言，总经理自然列副总经理之前。但事实情况往往要复杂得多，诸如同一系统中上级组织的部门经理与下级组织总经理是平级关系。一般的官方活动经常是按身份与职务的高低安排礼宾次序，如按国家元首、副元首、政府总理（首相）、副总理（副首相）、部长、副部长等顺序排列，各国提供的正式名单或正式通知是确定职务的依据。由于各国的国家体制不同，部门之间的职务高低不尽一致，因此我们要根据各国的规定，按照相应的级别和官衔进行安排。在多边活动中，有时虽然不按身份与职务的高低排列，但无论按哪一种方式排列，都必须把来客的身份与职务的高低因素考虑进去。

2. 按字母或笔画顺序排列

多边活动的各方或参加者不便按身份与职务高低排列的，可采用按字母顺序或笔画顺序排列的方法，这是一种于各方和个人最平等机会的方法，在现在公关活动的排次中也被广泛运用。按字母顺序排列，就是将所有参加活动的组织或个人按其名称，或姓名的组合字母顺序依次排列，如果第一个字母相同，则依第二个字母，第二个字母相同，依第三个字母，以此类推。如联合国召开联合国大会、各专门机构的会议和悬挂会员国国旗等均按此法，联合国大会的席次也按英文字母排列。但为了避免一些国家总是占据前排席位，因此每年抽签一次，决定本年度大会席位以哪一个字母打头。国际体育比赛中代表队名单的排列、开幕式出场的顺序一般也按国名字母顺序排列，东道国一般排在最后。

3. 按通知和抵达时间的先后排列

在一些国家举行的多边活动中，按通知代表团组成的日期先后顺序排列礼宾次序也是经常采用的办法之一。其具体做法可分为以下三种情况：

① 按派遣国通知东道国该国代表团组成的日期先后顺序排列；

② 按派遣国决定应邀派遣代表团参加该活动的答复时间的先后顺序排列；

③ 按各国代表团抵达活动地点的时间先后顺序排列。

采取何种排列方法，东道国需在致各国的邀请书中加以注明。在实际工作中遇到的情况往往比较复杂，所以礼宾次序往往不能按一种方法排列，而是几种方法交叉，并考虑其他有关因素，如国家之间的关系、地区所在、活动性质和内容、对活动贡献大小，以及参加活动的人员的威信、资历等。

任务书二

国际物流企业高峰会议在广州国际会议中心召开。许诺作为广州国际会议中心的工作人员，在召开会议之前需要布置场地，并且要在会议场地悬挂与会国的国旗。请各组人员讨论，按照国际惯例应该如何悬挂与会国国旗最合适，并且安排一位组员扮演许诺，合理悬挂与会国国旗。

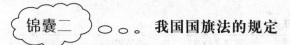

锦囊二 我国国旗法的规定

根据我国国旗法制定的《中华人民共和国外交部涉外升挂和使用国旗的规定》第2条指明，下列外国贵宾以本人所担任公职的身份单独或率领代表团来华进行正式访问时应当升挂国旗：国家元首、副元首；政府首脑、副首脑；议长、副议长；外交部长和国防部长、总司令或总参谋长；率领代表团的正部长；国家元首或政府首脑派遣的特使。

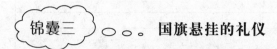

锦囊三 国旗悬挂的礼仪

国际组织一般需悬挂会员国国旗。国际会议除会场悬挂与会国国旗外，各国政府代表团团长亦按会议组织的有关规定，在一些场所或车辆上悬挂本国国旗（也有不挂国旗的）。有些展览会、体育比赛等国际性活动也往往悬挂有关国家的国旗。根据国际惯例，旗序按国名的英文字母顺序排列，国际体育比赛发奖仪式严格按冠军、亚军、第三名序列升挂获奖国国旗并奏冠军国国歌。

悬挂国旗应遵守以右为上、左为下的国际惯例。国际礼仪左右的概念不是从观众的角度来区分的，而是从事物本身的角度来分辨的。在汽车上挂国旗，以汽车的行进方向为准，驾驶员右侧为客方，左侧为主方。两国国旗并挂，以旗本身面向为准，右挂客方国旗，左挂本国国旗。所谓主客，不以活动举行所在国为依据，而以举办活动的主人为依据。例如，外国代表团来访，在东道国举行的欢迎宴会上东道国为主人，而在答谢宴会上，则来访国为主人。

在中国境内同时悬挂多国国旗时，必须同时悬挂中国国旗，而且应将中国国旗置于荣誉地位。外国驻华机构、外商投资企业、外国公民在同时升挂中国国旗和外国国旗时，必须将中国国旗置于上首或中心位置。外商投资企业同时悬挂中国国旗和外国国旗时必须把中国国旗置于中心、较高或突出的位置。在室外或公共场所，只能升挂与中国建立外交关系的国家的国旗。如果升挂未建交国国旗，必须事先征得省、自治区、直辖市人民政府外事办公室批准。

悬挂半旗是一种致哀的挂旗方式，一般在特定致哀纪念日或重要人物逝世时悬挂半旗。下半旗时，应先将国旗升至杆顶，再下降至离杆顶相当于杆长1/3的地方；降下时，应当先将国旗升至旗杆至杆顶，然后再降下。

【行动链接】

国际上通行的挂旗方法

① 三国以上国旗并挂（多面并挂，主方在最后，如系国际会议，无主客之分，则按会议规定的礼宾顺序排列）。

② 主方、客方国旗并挂、交叉悬挂。

③ 竖挂。

【行动巩固】

想一想：在与外商的签字仪式上，国旗应该如何摆放？

【行动评价】

（ ）技能训练任务（ ）评价表

项 目		主持稿 （20分）	次序安排 （30分）	国旗悬挂技巧 （30分）	团队协作 （20分）	总分 （100分）
师评（占50%）						
其他小组评	小组一评					
	小组二评					
	小组三评					
	小组四评					
	小组五评					
他组评平均分（占50%）						
小组成员对个人评级:A( ) B( ) C( ) D( ) A. 优秀(系数:1);B. 良好(系数:0.9);C. 一般(系数:0.7);D. 合格(系数:0.6) 计算公式:个人得分=(师评总分×50%+他组评平均分×50%)×级别系数						

技能训练任务三　外宾的引领、参观礼仪

【行动目标】

随着我国加入 WTO,我国与外国的各方面联系不断加强,来我国大陆投资的外资企业、合资企业、独资企业不断增加,与此相适应,我国的物流企业的外事交往与接待工作日益频繁。许多外宾在进行各种形式的经济合作之前,都要先参观一下伙伴的企业或公司,以便了解对方各方面的情况,为决策和合作做准备。在接待这类外宾时,一定要注意各种礼仪要求。

通过本行动的学习和训练,你将能够达到以下目标。

① 掌握接待外宾常用语言。

② 了解引领外宾礼仪。

③ 学会外宾参观企业礼仪。

④ 知道我方人员出国游览礼仪。

【行动准备】

1. 角色分配（分组）

根据授课对象的具体情况让不同的学生担任不同的角色。

2. 教具

课件,张贴板一块,油性笔若干支,板钉一批,书写卡片（不同形状若干）,A4 纸若干张。

3. 学生课前任务

① 将相关行动锦囊阅读一遍。

② 上网或利用其他工具查找相关理论知识。

【行动过程】

第一步骤:教师下达任务（具体见任务书）。

第二步骤:小组讨论方案和分角色完成任务书中的内容。

第三步骤:小组成果展示。

每一组派代表向大家展示,展示内容如下。

① 接待外宾的语言规范。

② 分角色扮演外宾及国内物流企业欢迎人员。

第四步骤：教师总结。

① 教师对学生的行动进行点评。

② 对知识内容进行总结。

③ 引出相关的行动锦囊。

任务书

美国××贸易公司为了扩大公司规模，打算在中国寻找合适的物流公司建立长期的合作伙伴关系。美国××贸易公司总经理 Peter 要到广州视察，并已经计划到长期合作的物流公司视察参观，请以小组为单位，设立不同的物流公司，各个物流公司派出一组人员对 Peter 进行接待引领。

① 每组分角色扮演美国贸易公司总经理 Peter 和广州物流公司代表许诺，写出一份招待计划，并且将接待引领情景进行演示。

② 各组设计一份公司的简介供 Peter 参观时可以作为参考，广州物流公司代表许诺展示公司简介（公司简介可以做成小册子，也可以做成 PPT）。

【行动锦囊】

 接待引领外宾的称呼礼仪

1. 会面

当外宾到达企业，迎接人员与外宾见面时，应该相互介绍。客人初到一般比较拘谨，欢迎人员应主动与客人寒暄。

2. 称呼

在国际交往中，一般对男士称先生，对女士分别称夫人、女士、小姐，已婚女子称夫人，未婚女子称小姐，不了解婚姻情况的女子可以称女士或小姐。这些称呼可以冠以姓名、职称、衔称等，如"皮特先生"、"议员先生"、"市长先生"、"上校先生"、"玛丽小姐"、"秘书小姐"、"护士小姐"、"怀特夫人"等。

对地位高的官方人士，一般为部长以上的高级官员，按各国情况可称阁下、职衔或先生，如"部长阁下"、"总统阁下"、"主席先生阁下"、"总理先生阁下"、"大使先生阁下"等。但美国、墨西哥、德国等国没有称"阁下"的习惯，一般可称"先生"。对有地位的女士可称"夫人"，对有高级官衔的妇女，也可称"阁下"。

对医生、教授、法官、律师以及有博士学位的人士，均可称"医生"、"教授"、"法官"、"律师"、"博士"等，同时可以加上姓氏，也可加先生，如"卡特教授"、"马丁博士先生"等。

凡与我国有同志相称的国家，对各种人员均可称同志，有职衔的可以加职衔。如"主席同志"、"议长同志"、"大使同志"、"司机同志"等，或姓名加"同志"。

锦囊二 ○○。 **欢迎人员的礼仪**

作为组织方应做好安排和陪同工作。外宾来参观企业前要事先了解外宾对参观的要求、目的和需要准备的资料（如企业的简介、公司本年度业绩、公司通过的验证等），有针对性地安排参观项目，并征求外宾的意见以示组织方的礼貌和尊重。

为外宾安排游览观光时，大体上需要做好以下几方面的具体工作。

1. 确定具体时间

组织方事先最好征求外方意见，并与企业内部有关部门进行协调和安排。

2. 安排好陪同人员

进行参观之前，企业务必安排好称职负责的陪同人员、翻译人员、安全保卫人员、司机以及其他辅助性工作人员。

3. 准备好讲解介绍

进行参观前不仅要安排好讲解人员，而且还要根据外宾的特点进行具体有针对性的介绍。全体陪同人员，亦应对参观地点特殊之处耳熟能详，以便在为外宾答疑时可以应对如流。

4. 联系好交通工具

外宾到企业参观可能对道路比较陌生，企业应该提前准备好车辆或者船只。它们既要大小适度，舒适方便又要性能良好、安全快捷。

【行动链接】

> 在讲解该内容的时候可以播放相关的视频及 PPT。

【行动巩固】

美国××贸易公司已决定与广州商贸物流公司建立长久的合作关系，并且接受邀请到广州商贸物流公司参观分拣系统，许诺承担该项接待任务。请模拟演练如何引领外宾进行参观。

【行动评价】

（ ）技能训练任务（ ）评价表

项　目		接待计划拟订 （20分）	简介制作 （20分）	行为规范 （20分）	礼貌用语 （20分）	团队协作 （20分）	总分 （100分）
师评(占50%)							
其他小组评	小组一评						
	小组二评						
	小组三评						
	小组四评						
	小组五评						
他组评平均分(占50%)							
小组成员对个人评级：A( ) B( ) C( ) D( ) A. 优秀(系数:1);B. 良好(系数:0.9);C. 一般(系数:0.7);D. 合格(系数:0.6) 计算公式：个人得分＝(师评总分×50%＋他组评平均分×50%)×级别系数							

技能训练任务四 涉外主要国家和地区的服务习俗和禁忌

【行动目标】

在涉外活动中，涉外人员若只了解国际交往惯例，而对各国礼仪习俗知之甚少，则不仅难于深入礼节国际交往惯例，而且往往会使"入乡随俗"、"客随主便"、"相互尊重"成为空谈。本节内容主要涉及几个主要国家的习俗和禁忌，主要国家有日本、美国、英国、法国四个国家。

通过本行动的学习和训练，你将能够达到以下目标。

① 认识四国的习俗。

② 了解四国的禁忌。

【行动准备】

1. 分组

根据授课内容的具体情况让学生进行分组。

2. 教具

课件、张贴板一块、油性笔若干支、板钉一批、地图、电脑。

3. 学生课前任务

① 将相关行动锦囊阅读一遍。

② 上网或利用其他工具查找相关理论知识。

【行动过程】

第一步骤：教师下达任务（具体见任务书）。

第二步骤：小组讨论并完成任务书中的内容。

第三步骤：小组成果展示。

每一组派代表向大家展示，展示内容如下。

① 各国的习俗和禁忌。

② 创设故事表达本节内容。

第四步骤：教师总结。

① 教师对学生的行动进行点评。

② 对知识内容进行总结。

③ 引出相关的行动锦囊。

任务书

广州商贸物流公司打算下年进入国际市场，计划首先进入的国家有日本、美国、英国、法国四个国家，为此公司需对这四个国家进行详细的调研。市场开拓部 A 主要研究这四国的习俗和禁忌。请以小组为单位，模拟该公司的市场开拓部 A，通过研究这四个国家，写出一份关于这四国的习俗和禁忌的报告，报告包括该国的基本概况、社交礼仪、服饰礼仪、餐饮礼仪、习俗禁忌等，便于公司打入这四个国家的市场（老师可指导学生进行上网收集资料并下载，学生可以将报告做成PPT，也可以是其他形式）。

【行动锦囊】

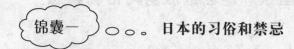

锦囊一 ○。。 日本的习俗和禁忌

1. 国家概况

日本国名的意思是"太阳升起的地方",即日出之国,这从日本国旗中可以体现。由于它盛产樱花,故此它也有着"樱花之国"的别称。

2. 礼仪与禁忌

日本是一个重礼仪的民族,见面一般都要互致问候,脱帽鞠躬表示诚恳。在初次见面时,双方需要交换名片,但交换名片的时候一般忌讳握手。日本人时间观念很强,尤其是第一次见面切忌迟到或早退。

日本人对樱花非常喜爱,而对荷花则非常反感,因为樱花是日本的国花,而荷花在日本则仅用于丧葬活动。

日本人有着敬重"7"这一数字的习俗,可是忌讳"4"与"9"。

即使自己是吸烟者,日本人也不愿意让别人给自己敬烟。同时,他们也绝对不会给别人敬烟。

同他人相对时,日本人觉得注视对方双眼是失礼的,因此,他们绝不会直勾勾地盯视对方,而通常只会看着对方的双肩或脖子。

日本人很爱给人送小礼物,注意所送礼物的形式。一般所送礼物的价值并不是主要的,对日本人来说,送礼作为形式比内容更重要。当然,你作为送礼方,千万不要因此而随意地送一些诸如梳子、圆珠笔、T恤衫、火柴、广告帽等小件便宜物品,礼物上忌讳有大个的、醒目的公司名字。在包装礼品时不要扎蝴蝶结。日本人忌讳当面打开礼物,无论是你送给对方的,或是对方送给你的。

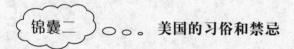

锦囊二 ○。。 美国的习俗和禁忌

1. 国家概况

美国的国名来自它所在的美洲洲名。"世界霸主"、"超级大国"、"电影王国"等,都是世人对于美国所常用的称呼。

2. 礼仪与禁忌

在美国,不论男女,见面时一般都相互握手,彼此很熟悉的女性之间、男女之间则可以亲吻面颊。美国人很尊重妇女,与美国妇女握手最好让对方采取主动。见面时还要注意美国女性忌讳别人问婚姻情况,绝对不说挑逗性的话。

美国人对山楂花与玫瑰花非常偏爱。在美国,一说国花是山楂花,一说国花是玫瑰花。

美国人讨厌的数字是"666"、"13"和"3"。他们所不喜欢的日期则是星期五。

美国人最喜爱的颜色是白色。在他们看来,白色象征纯洁。在此前提下,白猫也成了美国人很喜欢的宠物，它被视为可以给人们带来好运。在美国，人们喜欢的颜色还有蓝色和黄色。由于黑色在美国主要用于丧葬活动，因此美国人对它比较忌讳。

与美国人打交道时会发现，他们大都比较喜欢运用手势或其他体态语来表达自己的情感。不过，下列体态语却为美国人所忌用：盯视他人；冲着别人伸舌头；用食指指点交往对象；用食指横在喉咙之前；竖起拇指并以之指向身后；竖起中指。美国人认为，此类体态语都具有侮辱他人之意。

跟美国人相处时，一定要注意给予对方适当的空间。美国人十分强调个人权利、价值和自由，很忌讳个人私事被别人打听，如询问他人收入、年龄、婚恋、健康、籍贯、学历、住址、种族、血型、星座、个人联系方式等，这都是不礼貌的。一般而论，与美国人交往时与之保持 50～150cm 的距离才是比较适当的。

不宜送给美国人的礼品有：香烟、香水、内衣、药品以及广告用品。

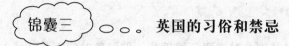

锦囊三　英国的习俗和禁忌

1. 国家概况

英国正式名称是大不列颠及北爱尔兰联合王国，有时它也被人们称为"联合王国"、"大不列颠帝国"、"大英帝国"、"英吉利"或是"英伦三岛"。"英国"是中国人对大不列颠及北爱尔兰联合王国的习惯称呼，它出自"英格兰"一词。在国外，人们很少使用"英国"这一称呼，而大多数采用其正式称呼。

2. 禁忌

英国人在两人见面时互相握手，并说问候语，如"你早"或"下午好"。英国人喜欢别人称呼他们的荣誉头衔，一些有身份的人虽没有世袭头衔，也喜欢别人称呼他们时带上先生、夫人、阁下等美称。英国人的时间观念很强，双方见面时必须要守时。另外，圣诞节和复活节前后一周内尽量不安排或少安排业务工作。

英国的国花是玫瑰。另有一种说法认为玫瑰、月季、蔷薇同为英国国花。对于被视为死亡象征的百合花和菊花，英国人则十分忌讳。

英国人所忌讳的数字与日期主要是"13"与"星期五"。当二者恰巧碰在一起时，就是我们经常讲的"黑色星期五"。对"666"他们也十分忌讳。

在色彩方面，英国人偏爱蓝色、红色与白色，它们是英国国旗的主要颜色。英国人所反感的色彩主要是墨绿色。

英国人在图案方面的禁忌甚多。人像以及大象、孔雀、猫头鹰等图案，都会令他们非常反感，在平时的交往中要尽量避免出现以上图案。在握手、干杯或摆放餐具时无意之中出现了类似十字架的图案，他们也认为是十分晦气的。

中国人在排列位次时讲究"左高"，而英国人却认定"右高"。

与英国人打交道时，需要了解的英国人的主要民俗禁忌还有下列五点：忌讳当众打喷嚏；忌讳用同一根火柴连续点燃三支香烟；忌讳把鞋子放在桌上；忌讳在屋子里撑伞；忌讳从梯子下面走过。

与英国人交谈时，要尊重英国王室和他们的宗教信仰，特别是不要对女王、王位继承、英美关系和北爱尔兰独立问题说三道四。此外，同性恋在英国是合法的。

在英国送礼，礼物不宜贵重，以免被人误解为行贿。送礼的最佳时间应安排在晚餐后或在剧院看完戏后，一般礼物有名酒、鲜花、巧克力，礼物上忌讳出现公司标记。

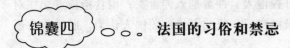

锦囊四 　法国的习俗和禁忌

1. 国名概述

法国的正式名称是法兰西共和国。法国的国名"法兰西"源于古代的法兰克王国的国名。"艺术之邦"、"时装之国"、"葡萄之国"、"奶酪之国"、"名酒之国"、"美食王国"等，都是人们给予法国的美称。

2. 禁忌

法国人也是很讲礼貌的，两人见面时或者分别之时需要行握手礼，但握手时间不长，忌讳用力晃动，一般是由子女、上级、长者先伸手。

法国人喜欢玫瑰花或马兰花。至于菊花、牡丹、杜鹃、水仙、金盏花和纸花，则一般不宜随意送给法国人。

法国人在初次见面时也是行握手礼，握手时可以戴着手套，如果是对方摘下了手套，或根本未戴手套，则应迅速摘下自己的手套再握手。在人数众多的社交场合，握手的顺序是先女后男，先长后幼。亲朋好友相遇时，行亲吻或拥抱礼。在冬天，戴帽子的男子应脱帽向女子致意。

法国人所忌讳的数字是"13"、"666"与"星期五"。送花给法国女性宜送单数，但要避开"1"与"13"两个数字。

法国人尊重妇女，对妇女有礼貌，女士优先是法国的优良传统。

在人际交往中，法国人对礼物十分看重，并对其特别的讲究。法国人认为，不宜在初次见面就向别人送礼，这样会让对方产生疑虑，此外他们还不太重视"礼尚往来"。向法国人赠送礼品时，宜选具有艺术品位和纪念意义的物品，但是不宜送刀、剑、剪、餐具，或是带有明显广告标志的物品作为礼品。男士向关系一般的女士赠送香水也被法国人看做是不合适的。

【行动链接】

> 在讲解该内容的时候可以播放世界各国礼仪习俗相关的视频及 PPT。

【行动巩固】

（1）广州商贸物流公司打算在圣诞节给客户日本公司、美国公司、英国公司、法国公司送礼品，以建立长期良好的合作关系，那么广州商贸物流公司应该送什么比较恰当？请各组讨论，并提交礼品清单。

（2）每个小组通过图书馆、上网搜集相关资料，选取除以上介绍的四国外的任何一国进行介绍，内容包括这一国家的名字来源、见面礼仪、忌讳和相关的礼仪细节。

【行动评价】

（　　）技能训练任务（　　）评价表

项　目		内容全面 （40分）	生动流畅 （20分）	PPT效果 （20分）	团队协作 （20分）	总分 （100分）
师评（占50%）						
其他小组评	小组一评					
	小组二评					
	小组三评					
	小组四评					
	小组五评					
他组评平均分（占50%）						

小组成员对个人评级：A（　　）　B（　　）　C（　　）　D（　　）

A. 优秀（系数：1）；B. 良好（系数：0.9）；C. 一般（系数：0.7）；D. 合格（系数：0.6）

计算公式：个人得分＝（师评总分×50%＋他组评平均分×50%）×级别系数

总结 将来的我

一个学期以来的《物流礼仪课》程已经接近尾声了，校园对许诺来说不再陌生了，身边的老师和同学都说许诺和以前不一样了。面对大家的评价，他坦然地与同学分享自己学习物流礼仪的心得体会。请您也加入许诺的分享会，和大家一起分享你的收获。

通过本行动的学习和训练，你将能够达到以下目标。

① 回顾本学期所学的物流礼仪知识；

② 与同学分享你的收获；

③ 审视自己存在的问题及思考改进方向；

④ 能运用本学期的知识设计一个物流从业员的专业形象。

【行动准备】

1. 分组

4～6名学生为一组，以小组的形式进行物流专业形象的展示，内容和形式不限。

2. 教具

课件、张贴板一块、油性笔若干支、书写卡片、相机、摄像机、多功能形体室、音响及灯光设备。

3. 学生课前任务

① 将相关行动锦囊阅读一遍。

② 上网或利用其他工具查找相关理论知识。

③ 准备一份对本学期学习《物流礼仪》的心得体会的发言稿。

④ 设计一个物流从业员的专业形象。

4. 老师课前任务准备

① 安排好主持人及工作人员。

② 布置会场。

【行动过程】

第一步骤：教师下达任务（具体见任务书）。

第二步骤：小组讨论方案和并完成任务书中的内容。

第三步骤：小组成果展示。

展示内容如下。

① 物流从业员的仪表、仪容、仪态展示。

② 服饰搭配介绍。

③ 职业形象介绍。

④ 学习《物流礼仪》的心得体会。

第四步骤：教师总结。

① 教师对学生的行动进行点评。

② 对知识内容进行总结。

③ 引出相关的行动锦囊。

任务书

　　为了提高物流专业学生的对物流礼仪的专业素养，许诺所在的学校举行"物流职业形象设计大赛"。请你以参赛者的身份，以小组为单位，运用本学期所学到的物流礼仪知识对物流从业员的专业形象进行展示。展示的内容如下。

① 物流从业员的仪表、仪容、仪态展示。

② 服饰搭配介绍。

③ 职业形象介绍。

④ 学习《物流礼仪操作实务》的心得体会。

【行动锦囊】

锦囊一　○○。物流从业员的仪表、仪容、仪态要求

　　物流从业员要给予客户一种干练、高效、诚信、奉献、团队协作的感觉，无论从仪表展现、仪容修饰还是仪态举止，都应该考虑以上的要求，切勿浓妆艳抹、矫揉造作。仪表、仪容、仪态要符合物流相关工作岗位的要求，不能一味追求表面的美感而忽视工作的实际需要。比如女性仓管员不适合在工作环境中穿西裙及高跟鞋，派送员在承担派件任务的时候不适合穿西服，因为这样不但不会提升个人的职业形象，反而会弄巧反拙。

锦囊二　○○。物流从业员的服饰搭配

　　物流从业员的服务以简洁、得体为主调，一线员工主要面对的是客户，一身整洁的制服是赢得客户信任的基础。物流公司向客户展示的是规范的管理及专业的团队素质，很难想象一个连自己的衣着都打理不好的人，能将客户的货物妥善保管好并成功送达目的地。

　　物流的不同岗位有不同的服饰要求，如收派件员要求穿着统一的制服，佩戴好工卡，以便客户可以信任地将货物交给你；仓管员服饰的搭配更讲求方便、安全，因为在仓库里面有很多的物流设施及设备在作业，安全、高效是首选；物流销售人员讲究的是庄重、得体，与客户的决策层商谈业务，提供一系列的物流增值服务及解决方案……因此在设计服饰时，要根据自己的岗位、目标客户以及 TPO 的原则（时间、地点、场合）进行综合考虑。

【行动链接】

物流职业形象的要求
1. 具备干练、能吃苦耐劳的素质。
2. 具备热情、风险的精神。

3. 具备互助、协同的团队意识。

4. 具备扎实的专业技能。

5. 具备良好的礼仪风范。

6. 具备礼貌待客服务意识。

7. 具备得体的言行举止。

8. 具备随机应变的反应能力。

9. 具备脚踏实地的工作作风。

【行动巩固】

请把今天您所展示的职业形象和开学初《绪论》中的"我的自画像"进行对比，与你的亲友分享你的心得体会与成长历程，并找出今后努力的方向。

【行动评价】

( ) 技能训练任务（ ）评价表

项　　目		仪表、仪容、仪态（20分）	服饰搭配（20分）	职业形象介绍（20分）	学习《物流礼仪》的心得体会（20分）	团队协作（20分）	总分（100分）
师评(占50%)							
其他小组评	小组一评						
	小组二评						
	小组三评						
	小组四评						
	小组五评						
他组评平均分(占50%)							
小组成员对个人评级:A( ) B( ) C( ) D( )							
A. 优秀(系数:1);B. 良好(系数:0.9);C. 一般(系数:0.7);D. 合格(系数:0.6)							
计算公式:个人得分＝(师评总分×50%＋他组评平均分×50%)×级别系数							

参考文献

[1] 吕艳芝. 教师礼仪的 99 个细节. 上海：华东师范大学出版社，2010.

[2] 魏辉. 顶尖礼仪经典全集. 延吉：延边人民出版社，2007.

[3] 谢藤子. 二十几岁要懂得的社交礼仪. 北京：华夏出版社，2011.

[4] 胡宁，刘湘文，刘安拉. 中职生礼仪规范教程. 北京：科学出版社，2009.

[5] 孙慧竹. 礼仪规范教程. 天津：南开大学出版社，2008.

[6] 林友华. 社交礼仪. 北京：高等教育出版社，2008.

[7] 陈福义，覃业银. 礼仪实训教程. 北京：中国旅游出版社，2008.

[8] 黄剑鸣. 现代商务礼仪. 北京：中国物资出版社，2006.

[9] 翁海峰. 职业礼化规范. 北京：机械工业出版社，2009.

[10] 金丽娟. 商务礼仪. 北京：北京大学出版社，2011.